四庫全書宋詞别集叢刊

廿二

山中白雲詞

張炎

四庫全書

宋詞別集

叢刊 廿二

商務印書館

欽定四庫全書　　集部十

山中白雲詞　　詞曲類　詞集之屬

提要

臣等謹案山中白雲詞八卷宋張炎撰炎字叔夏號玉田又號樂笑翁循王張俊之五世孫家於臨安宋亡後放誕不仕縱遊浙東西落拓以終平生工為長短句以春水詞得名人因號曰張春水其後編次詞集者即以此

首壓卷倚聲家傳誦至今然集中他調似此者尚多殆如賀鑄之稱梅子偶遇品題便為佳話耳所長實不止此也炎生於淳祐戊申當宋邦淪覆年已三十有三猶及見臨安全盛之日故所作往往蒼涼激楚即景抒情借以寫其身世盛衰之感非徒以剪紅刻翠為工至其研究聲律尤得神解以之接武姜夔宛然後勁宋元之間亦可謂江東獨秀矣炎

詞世鮮完帙此本乃錢中諧所藏猶明初陶宗儀手書康熙中錢塘龔翔麟始為傳寫授梓後上海曹炳曽又為重刊舊附樂府指迷一卷今析出别著於錄其仇遠原序鄭思肖原跋及戴表元送炎序則仍並錄之以存其舊焉乾隆四十九年八月恭校上

總纂官臣紀昀臣陸錫熊臣孫士毅

總校官臣陸費墀

欽定四庫全書

山中白雲詞
提要

山中白雲詞序

宋南渡勲王之裔子玉田張君自社稷變置凌烟廢墮落魄縱飲北游燕薊上公車登承明有日矣一日思江南菰米蓴絲慨然襆被而歸不入古杭扁舟浙水東西為漫浪游散囊橐中千金裝吳江楚岸楓丹葦白一奚童負錦囊自隨詩有姜堯章深婉之風詞有周清真雅麗之思畫有趙子固瀟灑之意未脫承平公子故態笑語歌哭騷姿雅骨不以夷險變遷也其楚狂與其阮籍與

其賈生與其蘇門嘯者與歲丁酉三月客我寧海將登台峰於其行也舉觴贈言是月既望閬風舒岳祥八十歲書

詞與辭字通用釋文云意内而言外也意生言言生聲聲生律律生調故曲生焉花間以前無雜譜秦周以後無雅聲源遠而派别也西秦玉田張君著詞源上下卷推五音之數演六六之譜按月紀節賦情詠物自稱得聲律之學於守齋楊公南溪徐公淳祐景定間王邸侯

館歌舞升平君王（王疑作方）處樂不知老之將至（下有缺文）棃園白髮瀉宮蛾眉餘情哀思聽者淚落君亦因是棄家客遊無方三十年矣昔柳河東銘姜祕書閔王孫之故態銘馬淑婦感謳者之新聲言外之意異世誰復知者覽君詞卷撫几三嘆江陰陸文奎

聲音之道久廢玉田張君獨振戞乎喪亂之餘豈特藉以怡適性情殆將以繼其傳也後之君子得是帙而遡之則去希微不遠矣況幾經兵燹猶自壁全非天有以

寶之能至此乎尚德君子幸共表章庶於好古之懷無憾焉耳吳門孝思殷重識

成化丙午春二月朔偶見是帙鶴城東門藥肆中即購得之南村先生手鈔者蓋百餘年矣凡三百首惜無錄目五月初九日輯錄以便檢閲或笑余衰遲目眩何不求諸善書者曰身健在飽食終日豈不勝博奕乎何計字之工拙使得時時展玩恍惚坐春風中聽玉田子慷慨灑落之言笑焉併錄以記歲月并時時年六十有五

余曩客都亭從宋員外牧仲借鈔玉田詞僅一百五十三闋越數年復覯山中白雲全卷則吾鄉朱檢討竹垞錄錢編修庸亭所藏本也累楮百翻多至三百首始識向購特半豹耳參殷孝思璧全一語更閱陸輔之詞旨載樂笑翁警句奇對無有出於是編之外者知為完書無疑竹垞釐卷為八與諸同志辨正魚魯緘寄白門余復與龔主事蘅圃取他本校對或字句互異題目迴别則增入兩存之鋟棗以傳可稱善本繼又從戴帥初袁

清容集内得送贈序疏與詩因附刻於後而其生平約畧可見余布袍落魄放浪形骸自謂頗類玉田子年來亦以倚聲自遣受讀其詞令得是帙日與古賢為友移我情矣嘉興李符

玉田生系出朱邸遭逢不偶遺行不少槩見今讀詞集觀其紀地紀時而出處歲月宛然在目如末卷所賦風入松自識為至大庚戌作賦臨江仙又云甲寅秋寓吳時年六十有七則此甲寅實元仁宗延祐元年也由此

知宋理宗淳祐戊申為玉田生始生之歲第宋史載張循王有五子琦厚顏正仁玉田生出誰後惜無攷耳若舒序所稱北游燕薊蓋在少壯時迨至元庚寅始返江南而年已四十餘矣其先雖出鳳翔然居臨安久故游天台明州山陰平江義興諸地皆稱寓稱客而於吾杭必言歸感嘆故園荒蕪之作凡三四見又安得謂之秦人乎吾鄉詞人自周清真知名北宋其後與玉田生同時者惟仇山村為工他若避俗翁句曲外史亦有足觀

惜皆流傳無幾獨山中白雲得陶井兩君後先藏護竹垞庯亭傳寫於今幸而不至散軼余得借以鏤板嗚呼豈偶然哉錢塘龔翔麟

吾識張循王孫玉田先輩喜其三十年汗漫南北數千里一片空狂懷抱日日化雨為醉自仰扳姜堯章史邦卿盧蒲江吴夢窗諸名家互相鼓吹春聲於繁華世界飄飄徵情節節弄拍嘲明月以謔樂賣落花而陪笑能令後三十年西湖錦繡山水猶生清響不容半點新愁

飛到遊人眉睫之上自生一種歡喜痛快豈無桑芳少
年於萬花叢中喚取新鶯稱蝶羣然飛舞下來為之賞
聽三外野人所南鄭思肖書於無何有之鄉

讀山中白雲詞意度超玄律呂協洽不特可寫音檀口
亦可被歌管薦清廟方之古人當與白石老仙相鼓吹
世謂詞者詩之餘然詞尤難於詩詞失腔猶詩落韻詩
不過四五七言而止詞乃有四聲五音均拍重輕清濁
之别若言順律舛律協言謬俱非本色或一字未合一

句皆㾰一句未妥一闋皆不光采信戛戛乎其難又怪陋邦腐儒窮鄉村叟每以詞為易事酒邊興豪即引紙揮筆動以東坡稼軒龍洲自況極其至四字沁園春五字水調七字鷓鴣天步蟾宫拊几擊缶同聲附和如梵唄如步虚不知宫詞為何物令老伶俊娼面稱好而背竊笑是豈足與言詞哉余幼有此癖老頗知難然已有三數曲流傳朋友間山歌村謡是豈足與叔夏詞比哉古人有言曰鉛汞交鍊而丹成情景交鍊而詞成指迷

妙訣吾將從叔夏北面而求之山村居士仇遠

欽定四庫全書

山中白雲詞卷一

宋 張炎 撰

南浦

春水

波暖綠粼粼燕飛來好是蘇堤纔曉魚沒浪痕圓流紅去翻笑東風難掃荒橋斷浦柳陰撐出扁舟小回首池塘青欲遍絕似夢中芳草 和雲流出空山甚年年淨

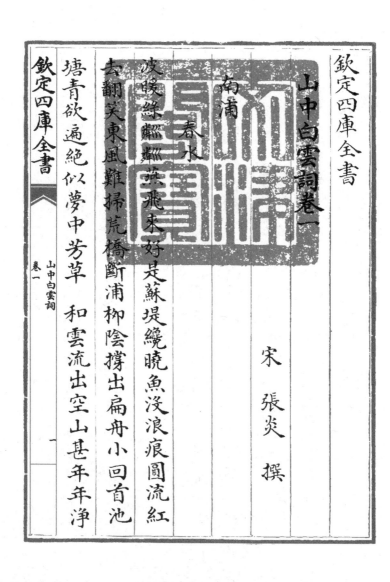

洗花香不了新淥乍生時孤村路猶憶那回曾到餘情
渺渺茂林觴詠如今悄前度劉郎歸去後溪上碧桃多
少
（別本）溪燕處游絲（一作掠芹根）漾粼粼鴨綠光動晴曉（一作碎清
曉）何處落紅多芳菲夢翻入嫩賞（一作碎萍）深藻一番
夜雨一番吟老池塘草寂歷（一作柳下）斷橋人欲（一作不）
渡還見柳陰舟小（一作還棹漁鄉浪杳）和雲流出空山甚
年年淨洗花香不了新綠乍生時孤村路猶憶那

時曾到傳觴事杳茂林應是依然好一作可憐難詠蘭亭舊事如今少試問清流今在否一作賦情謾逐王孫去心碎浮萍多少一作門外潮平渡小

高陽臺

西湖春感

接葉巢鶯一作暗柳藏鶯平一作明波捲絮斷橋斜日歸船能幾番游看花又是明年東風且伴薔薇住到薔薇春已堪憐更一作最悽然萬綠西泠一抹荒烟當年燕子知一作

歸何處但苔深韋曲草暗斜川見説新愁如今也到鷗邊無心再續一作結笙歌夢掩重門淺醉閒眠莫開簾怕見飛花怕聽啼鵑

憶舊遊

大都長春宮即舊之太極宮也

看方壺擁翠太極垂光積雪初晴閶闔開黄道正綠章封事飛上層青古臺半壓琪樹引袖拂寒一作天星見玉冷閒坡金明邃宇人住深清幽尋自來去對一作嘆華

表千年天籟無聲（一作草暗碑陰）別（一作中）有長生路看花開花落何處無春露臺深鎖丹氣隅水喚青禽尚記得歸時鶴衣散影都是雲

凄涼犯

北遊道中寄懷

蕭疎野柳嘶寒馬蘆花深還（一本無還字）見游獵山勢北來甚時曾到醉魂飛越酸風自咽擁吟鼻征衣暗裂正凄迷天涯羇旅不似灞橋雪　誰念而今（一作文園）老懶賦長

楊倦懷休説(一作極目寒波坐分黃葉)空憐斷梗夢依依歲華輕別待擊歌壺怕如意和冰凍折且行行平沙萬里盡是月

壺中天

夜渡古黃河與沈堯道曾子敬同賦

揚舲萬里笑當年底事中分南北須信平生無夢到却向而今遊歷老柳官河斜陽古道風定(一作正)波猶直野人驚問汎槎何處狂(一作仙)客迎面落葉蕭蕭水流沙共遠都無行跡衰草淒迷秋更綠惟有閒鷗獨立浪挾

一作拍天浮山邀雲去銀浦橫空碧扣舷歌斷海蟾飛上孤白

別本御風萬里問當年何事中分南北須信人生無夢到却笑如今游歷古柳關河斜陽山海落雁秋聲急野人驚見汎槎何處狂客　雲外散髮吟商任天荒地老露盤猶泣水闊不容鷗獨占一棹芙蓉香濕蟹舍燈深漁鄉笛遠醉眼留空碧夜凉人靜霽蟾飛上孤白

聲聲慢

都下與沈堯道同賦（別本作北游答曾心傳惠詩）

平沙催（一作籠）曉野水驚寒遙岑寸碧烟空萬里冰霜一夜換却西風晴梢漸無墜葉撼秋聲都是梧桐情正遠奈吟湘（一作商）賦楚近日偏慵　客裏依然清事愛窗深帳暖戲揀香筒片霎歸程無奈夢與心同空教故林怨鶴掩閒門明月山中春又小甚梅花猶自未逢

綺羅香

席間代人賦情

候館深燈遼天斷羽近日音書疑絶轉眼傷心慵看剩歌殘闋纔忘了還著思量待去也怎禁離别恨只恨桃葉空江殷勤不似謝紅葉　良宵誰念一作見哽咽對熏爐象尺閑伴凄切獨立西風猶憶舊家時節隨款步花密藏春聽私語柳疎嫌月今休問燕約鶯期夢遊空趁蝶

慶春宫

都下寒食遊人甚盛水邊花外多麗環集因各
以柳圈祓禊而去亦京洛舊事也
波蕩蘭觴鄰分杏酪畫輝冉冉一作快風麗日烘晴罥索飛仙
戲船移景薄遊也自忺人短橋虛市一作蕙風來處聽隔柳誰
家一作綠水人家賣餳月題爭繫油壁相連笑語逢迎池亭
小隊秦箏就地圍香臨水湔裙冶態飄雲醉妝扶玉未
應閒了芳情放懷無限忍不住低低問春梨花落盡一
點新愁一作煙曾到西泠

國香

沈梅嬌杭妓也忽於京都見之把酒相勞苦猶能歌周清真意難忘臺城路二曲因囑余記其事詞成以羅帕書之

鶯柳煙堤記未吟青子曾比紅兒嫺嬌弄春微透鬟翠雙垂不道留仙不住便無夢吹到南枝相看兩流落掩面凝羞怕說當時　凄涼歌楚調嫋餘音不放一朶雲飛丁香枝上幾度款語深期拜了花梢淡月最難忘弄

影搴衣無端動人處過了黃昏猶道休歸

臺城路

庚辰秋九月之北遇汪菊坡一見若驚相對如夢回憶舊遊已十八年矣因賦此詞（別本菊坡作蘭坡）

十年前事翻疑夢重逢可憐俱老水國春空山城歲晚無語相看一笑荷衣換了任京洛（一作國）塵沙冷凝風帽見說吟情近來不到謝池草　懽遊曾步翠窈亂紅迷

紫曲芳意令（一作多一作終）少舞扇招香歌櫳喚玉猶（一作翻）憶錢塘蘇小無端暗惱又幾度留連燕昏鶯曉回首妝樓甚時重（一作歸）去好

三姝媚

海雲寺千葉杏二株奇麗可觀江南所無越一日過傅巖起清晏堂見古瓶中數枝云自海雲來名芙蓉杏因愛玩不去巖起索賦此曲

芙蓉城伴侶乍卸却單衣茜羅重護傍水開時細看來

渾似阮郎前度記得小樓聽一夜江南春雨夢醒簫聲流水青蘋舊遊何許　誰剪層芳深貯使洗盡長安半面塵土絕似桃根帶笑痕來伴柳枝嬌舞莫是孤村試與問酒家何處曾醉梢頭雙果園林未暑

甘州

庚寅歲沈堯道同余北歸各處杭越踰歲堯道來問寂寞語笑數日又復別去賦此曲并寄趙學舟別本庚寅作辛卯堯道作秋江趙學舟作曾心傳

記玉關踏雪事清遊寒氣脆貂裘傍枯林古道長河飲馬此意悠悠短夢依然江表老淚灑西州一字無題處落葉都愁 載取白雲歸去問（一作耿）誰留楚佩弄影中州折蘆花贈遠零落一身秋向尋常野橋流水待招來不是舊沙鷗空懷感有斜陽處却怕登樓

聲聲慢

為高菊墅賦（別本墅作澗）

寒花清事老圃閒人相看秋色（一作行吟曉氣）霏霏帶葉分根

欽定四庫全書

空翠半濕荷衣沅湘舊愁未滅有黃金難鑄相思但醉裏把苔牋重譜不許春知 聊慰幽懷古意且頻簪短帽休怨斜暉采摘無多一笑竟日忘歸從教護香徑小似東山還似東籬待去隱怕如今不是晉時

掃花遊

賦高疎寮東墅園

煙霞萬壑記曲徑幽尋霽痕初曉綠窗窈窕看隨花甃石就泉通沼幾日不來一片蒼雲未掃自長嘯一作度層峭

悵喬木荒涼（一作依依）都是殘照　碧天秋浩渺聽虛籟泠泠飛下孤峭（一作稱刻竹緻吟臥雲孤嘯）　山空翠老步仙風怕有采芝人到野色閒門芳草不除更好境深悄比斜川又清多少

瑣窗寒

王碧山又號中仙越人也能文工詞琢語峭拔有白石意度今絶響矣余悼之玉笥山所謂長歌之哀過於痛哭

斷碧分山空簾剩一作貯月故人天外香留一作迷酒殢蝴蜨一生花裏想如一作猶令醉一作怨魂未醒一作正迷夜臺夢語秋聲碎自中仙去後詞牋賦筆便無清致都是淒涼意一作慵指悵一作歎娛地正玉笥埋雲錦袍一作衣歸水形容憔悴料應也孤吟山鬼那知人彈折素絃黃金鑄出相思淚但柳枝門掩枯陰候蛩愁暗葦

木蘭花慢

為越僧樵隱賦樵山

龜峰深處隱巖壑靜萬塵空任一路白雲山童休掃却似崆峒只恐（一作休教）爛柯人到怕光陰不與世間同旋采生枝帶葉微煎石鼎團龍　從容吟嘯百年翁行樂少扶笻向鏡水傳心柴桑袖手門掩清風如何晉人去後好林泉都在夕陽中禪外更無今古醉歸明月千松

（別本）龜峰游處隱巖壑靜萬塵空聽隔竹敲茶穿花喚酒曲徑幽通何人爛柯已久怕光陰不與世間同只住白雲一半任他一半眠龍　崆峒吟嘯百年

翁近日一枝笻向鏡水傳心柴桑袖手門掩清風如何晉人去後好林泉多在夕陽中禪外更無今古醉歸明月千松

三姝媚

送舒亦山遊越

蒼潭一作臺枯海樹正雪竇高寒水聲東去古意蕭閒問結廬人遠白雲誰侶賀監猶狂還散跡千巖風露一作雨抱瑟空遊都是淒涼此愁難一作誰語莫趁江湖鷗鷺

怕太乙爐荒一作烟暗銷鉛火投老心情未歸來何事共成羈旅布韈青鞵休誤入桃源深處待得重逢却説巴山夜雨

掃花遊

台城春飲醉餘偶賦不知詞之所以然

嫩寒禁暖正草色侵衣野光如洗去城數里繞長堤是柳釣船深艤小立斜陽試數花風第幾問春意待留取斷紅心事難寄　芳訊成撚指甚遠客他鄉老懷如此

醉餘夢裏尚分明認得舊時羅綺可惜空簾誤却歸來燕子勝遊地想依然斷橋流水

別本

嫩寒禁暖傍潤綠人家野船深艤去城數里共微開笑口宛如傾耳倦立斜陽試數花風第幾問春意待留取斷紅心事難寄　芳訊成撚掐甚又客他山老懷如此醉餘夢裏尚分明認得舊時羅綺暮色簾空誤却歸來燕子斷橋外繞西湖萬花流水

臺城路

杭友抵越過鑑曲漁舍會飲

春風不暖垂楊樹一作柳吹却絮雲一作綿多少燕子人家夕陽巷陌行入野畦深窈籌花鬬草記小舫尋芳斷橋初曉那日心情幾人同向近來老　銷憂何處最好夜遊頻秉燭猶是遲了南浦歌闌東林社冷贏得如今懷抱吟悰暗惱待醉也慵聽勸一作怨歸啼鳥怕攪離愁亂紅休去掃

疎影

余於庚寅歲北歸與西湖諸友夜酌因有感於舊遊寄周草窗別本庚寅作辛卯

柳黃未結放嫩晴消盡斷橋殘雪隔水人家渾是花陰曾醉好春時節輕車幾度新堤一作西泠曉想如今燕鶯猶說縱豔遊得似當年早是舊情都別　重到翻一作疑方夢醒弄泉試照影驚見華髮却笑歸來石老雲荒身世飄然一葉閉門約住青山色自容與吟窗清絕怕夜寒

吹到梅花（一作梢）休捲半簾明月

渡江雲

山陰久客一再逢春回憶西杭渺然愁思（別本作久）

客山陰王菊存問余近作書以寄之

山空天入海（一作野光溥遠秀）倚樓望極風急暮潮初（一作清入燒痕初）一簾鳩外雨幾處閒田隔水動春鋤新煙禁柳想如今綠到西湖猶記得當年深隱（一作風流心事）門掩兩三株愁余荒洲（一作煙）古溆斷梗疏萍更漂流何處空自覺圍

羞帶減影却燈孤常疑即見桃花面甚近來翻笑無書書縱遠如何夢也都無

瑣窗寒

旅窗孤寂雨意垂垂買舟西渡未能也賦此為錢塘故人韓竹間問

亂雨敲春深煙帶晚水窗慵凭空簾謾捲數日更無花影怕依然舊時歸燕定應一作知未識江南冷最憐他樹底蔦紅不語背人吹盡 清潤通幽徑待移燈剪韭試

香溫鼎分明醉裏過了幾番風（一作花）信想竹閒高閣半閒小車未來猶自等傍新晴隔柳呼船待教（一作他）潮信（一作汎）穩

憶舊遊

新朋故侶詩酒遲留吳山蒼蒼渺渺兮余懷也

寄沈堯道諸公

記開簾過酒隔水懸燈（一作花樓故夜梅檻移春）款語梅（一作燈）邊未了清遊（一作烟波）興又飄然獨去何處山川（一作重聽湘絃）淡風暗

收榆莢吹下（一作到）沈郎錢嘆客裏光陰消磨豔冶都在
尊前留連殢人處是鏡曲窺鶯蘭皐（一作沼）圍泉醉拂
珊瑚樹寫百年幽恨分付吟（一作苔）牋故鄉幾回飛夢江
雨夜涼（一作吹 一作深）船縱忘却歸期千山未必無杜鵑

水龍吟

白蓮

仙人掌上芙蓉涓涓猶濕金盤露輕妝照水纖裳玉立
飄颻似舞幾度銷凝滿湖煙月一汀鷗鷺記小舟夜悄

波明香遠渾不見花開處　應是浣紗人妬褪紅衣被誰輕誤閒情淡雅冶容（一作姿）清潤憑嬌待語隔浦相逢偶然傾蓋似傳心素怕湘皐珮解綠雲十里捲西風去

（別本）仙人掌上芙蓉涓涓猶滴金盤露輕妝照水纖裳玉立無言自舞幾度銷凝滿湖煙月一汀鷗鷺記小舟清夜波明香遠渾不見花開處　應是浣紗人妬褪紅衣被誰輕悞何郎淡雅（一作意態）六郎清致（一作標格）冷然意趣待折瓊芳楚江難涉那知延佇怕

湘娥佩解綠雲千里捲西風去

憶舊遊

余離羣索居與趙元父一别四載癸巳春於古杭見之形容憔悴故態頓消以余之況味又有甚於元父者抑重余之惜因賦此調且寄元父當為余愀然而悲也

嘆江潭樹老杜曲門荒同賦一作是飄零乍見翻疑夢對蕭蕭亂髮都是愁根秉燭故人歸後花月一作花夜一作銅雀鎖

春深縱草帶堪題爭如片葉能寄殷勤　重尋已無處尚記得依稀柳下芳一作東鄰佇立香一作東風外抱孤愁悽惋羞燕嬾鶯俯仰十年前事醉後一作語醒還驚又曉日千峰涓涓露濕花氣生

甘州

題趙葯牖山居見天地心怡顏小柴桑皆其亭名

倚危樓一笛翠屏空萬里見天心度野光清峭晴峯湧

日冷石生雲簾捲小亭虛院無地不花陰徑曲知何處

春水泠泠　嘯傲紫桑影裏且怡顏莫問誰古誰今任

燕留鷗住聊復慰幽情愛吾廬點塵難到好林泉都付

與閒人還知否元來卜隱不在山深

摸魚子

高愛山隱居

愛吾廬傍湖千頃蒼茫一片清潤晴嵐暖翠融融處花

影倒窺天鏡沙浦迥看野水涵波隔柳橫孤艇眠鷗未

醒甚占得蓴鄉都無人見斜照起春暝　還重省豈料山中秦一作無晉桃源今度一作殘棋石上難認林間即是長生一作桃源路一笑元非捷徑深更靜待散髮吹簫跨鶴一作隺背天風冷憑高露飲正碧落塵空光搖半壁月在萬松頂

風入松

賦稼村

老來學圃樂年華茅屋短籬遮兒孫戲逐田翁去小橋橫路轉三叉細雨一犂春意西風萬寶生涯　攜筇猶

記渡晴沙流水帶寒鴉門前少得寬閒地遶平疇盡是桑麻却笑牧童遥指杏花深處人家

鳳凰臺上憶吹簫

趙主簿姚江人也風流緼藉放情花柳老之將至況味凄然以其號孤蓬囑余賦之

水國浮家漁村古隱浪遊慣占花深猶記得琵琶半面曾濕衫青不道江空歲晚桃葉渡還嘆飄零因乘興醉夢醒時却是山陰　投閒倦呼儔侶竟棹入蘆花俗客

難尋風渺渺雲拖暮雪獨釣寒清遠湖流光萬里渾錯
認片竹寰瀛元来是天上太乙真人

解連環

孤雁

楚江空晚悵離羣萬里怳然驚散自顧影欲下寒塘一作江正沙淨一作靜草枯水平天遠寫不成書只寄得相思一點料因循誤了殘氊擁雪故人心眼　誰憐旅愁荏苒謾長門夜悄錦筝彈怨想伴侶猶宿蘆花也曾念春

前去程應轉暮雨相呼怕驀地玉關重見未羞他雙燕
歸來晝一作露簾半捲

滿庭芳

小春

晴皎一作卷霜花曉鎔冰羽一作掩閣烘晴開簾借暖開簾一作今朝覺道
寒輕誤鬧啼鳥生意又園林閒了凄涼賦筆便而一作如
令不聽秋聲消凝處一枝借暖一作苔枝數點終是未多情
陽和能幾許尋紅探粉也恁忺人笑隣娃癡小料理護

花鈴却怕驚回睡蝶恐和他草夢都醒還知否能消幾日風雪灞橋深

憶舊遊

登蓬萊閣別本登下有越州二字

問蓬萊何處風月依然萬里江清休說神仙事便神仙縱有即是閒人笑我幾番醒醉石磴掃松陰任狂一作甚客難招采芳難贈且自微吟　俯仰成陳迹嘆百年誰在闌檻孤憑海日生殘夜看卧龍和夢飛入秋冥還聽

水聲東去山冷不生雲正目極空寒(一作萬里高寒)蕭蕭漢柏
愁茂陵

解連環

拜陳西麓墓

句章城郭問千年往事(一作事往)幾回歸鶴嘆貞元朝士無多又日冷湖陰柳邊門鑰向北來時無處認江南花落縱荷衣未改病損茂陵總是離索　山中故人去却但碎寒峴首舊景如昨悵二喬空老春深正歌斷簾空草

暗一作昏銅雀楚魄難招被萬疊閒雲迷著料猶是聽風

聽雨一作水朗吟夜壑山中樓扁萬疊雲

欽定四庫全書

山中白雲詞
卷一
二十

山中白雲詞卷一

欽定四庫全書

山中白雲詞卷二

宋　張炎　撰

臺城路

寄姚江太白山人陳文卿別本文卿作又新

薛濤牋上相思字重開又還重摺載酒船空眠波柳老一縷離痕難折虛沙動月嘆千里悲歌唾壺敲缺却說巴山此時懷抱那時節　寒香深處話別病來渾瘦損

懶賦情切太白閒雲新豐舊雨多少英遊消歇回潮似咽送一點秋一作愁心故人天末江影沈沈露一作夜涼鷗夢闊却說二句詞綜本作記得巴山此時懷抱那時說與此二本皆不同

別本

薛濤箋上相思字重開又還重摺太白秋聲東瀛柳色誰把柔條相一作猶結虛沙動月嘆千里悲歌唾壺敲缺却說巴山這回知是甚時節紅香深處話別病來渾瘦損獨抱情切笑裏移春吟邊喚古多少英雄消歇回潮似咽送一點秋心故人天

末江影沈沈露凉鷗夢闊

聲聲慢

送琴友季靜軒還杭

荷衣消翠蕙帶餘香燈前共語生平苦竹黃蘆都是夢裏游情西湖幾番夜雨怕如今冷却鷗盟倩寄遠見故人説道杜老飄零　難挽清風一作泠然飛珮有相思都在斷柳長汀此别何如一笑寫入瑤琴天空水雲變色任愔愔山鬼愁聽興未已一作待去也更一作又何妨彈到廣陵

水龍吟

春晚留別故人（別本春晚作客中）

亂紅飛已（一作盡）無多豔遊終是如今少一番雨過（一作過雨）一番春減催人漸老倚檻調鶯捲簾收燕故園空杳奈關愁不（一作未）住悠悠萬里渾恰似（一作卻似）天涯草不擬（一作礙）相逢古（一作故）道（一作長汀幰笑）纔疑夢又還驚覺清風在柳江搖白浪舟行趁曉（一作吟窗剪燭鄰亭維纜山晴水曉）遮莫重來不如休去怎堪懷抱那知又五柳門荒曾（一作多）聽得鵑

啼了

一萼紅

賦紅梅

倚闌干問綠華何事偷餌九還一作華丹浣錦溪邊餐霞竹裏一作外翠袖不倚天寒照芳一作苔樹晴光泛曉護一作誤么鳳無處認冰顏露洗春腴風搖醉一作翠魄聽笛江南樹一作枝掛珊瑚冷月嘆玉奴妝褪仙掾詩慳一作間謾覓花雲不同梨夢一作素被蓋熏梨雲無夢推篷恍記孤山步夜

雪前村問酒幾銷凝把做杏花看得似古桃流水不到人間

祝英臺近

與周草窗話舊

水痕（一作草痕）深花信足（一作了）寂寞漢南樹轉首青（一作清）陰芳事（一作意）頓如許不知多少銷魂夜來風雨猶夢到斷紅流處最無據長年息影空山愁入庾郎句玉老田荒心事已遲暮幾回聽得啼鵑不如歸去終不似舊時

鸚鵡

月下笛

孤遊萬竹山中閒門落葉愁思黯然因動黍離之感時寓甬東積翠山舍

萬里（一作竹）孤雲（一作峯）清遊漸遠故人何處寒窗夢裏猶（一作曾）記經行舊時路連昌約略無多柳第一是難聽夜雨謾驚回淒悄相看竹影擁衾誰語　張緒歸何暮半零落依依斷橋鷗鷺天涯倦旅（一作抱影）此時心事良苦只

愁重洒西州淚問杜曲人家在否一作怕不是當初伴侶恐翠袖正天寒猶倚梅花那樹

水龍吟

寄袁竹初

幾番問竹平安雁書不盡相思字籬根半樹村深孤艇闌干屢倚遠草兼雲凍河膠雪此時行李望去程無數并州回首還又渡桑乾水　笑我曾遊萬里甚怱怱便成歸計江空歲晚棲遲猶在吳頭楚尾疎一作柳經寒獨

斷槎浮（一作漂）月依然憔悴待相逢説與相思想亦在相思裏

綺羅香

紅葉

萬里飛霜（一作霜飛又作一夜新霜）千林落木（一作千山木落）寒豔不招春妬（一作翻成春樹）楓冷吳江獨客又吟愁句正船艤流水孤村似花繞斜陽歸路（一作芳樹）甚荒溝一片凄涼載情不去載愁（一作秋）去長安誰問倦旅羞見衰顔借酒飄零如許

慢倚新妝不入洛陽花譜（一作小字金書心事已成塵土）為回風起舞
尊前盡化作斷霞千縷記陰陰綠遍江南夜窗聽暗雨

洞仙歌

觀王碧山花外詞集有感

野（一作亂）鵑啼月便角巾還第輕擲詩瓢付（一作趁）流水最
無端小院寂歷（一作寞）春空門自掩柳髮離離如此可
惜歡娛地雨冷雲昏不見當時譜銀字舊曲怯重翻總
是離愁（一作愁音）淚痕灑一簾花碎夢沈沈知道不歸來尚

錯問桃根醉魂醒未

新雁過妝樓

賦菊

風雨不來深院悄一作曉情事正滿東籬杖藜重到秋氣冉冉吹衣瘦碧飄蕭搖露梗膩黃秀野拂霜枝憶芳時翠微喚酒江雁初飛　湘潭一作澤無人弔楚嘆落莫自采誰寄一作記相思淡泊生涯聊伴老圃斜暉寒香應遍故里想鶴怨山空猶一作人未歸歸何晚問徑松不語只

有花知

江神子

孫虛齋作四雲庵俾余賦之兩雲之間

奇峰相對接珠庭乍微晴又微陰舍北江東如盍自亭亭翻笑天台連雁蕩隔一片不逢君　此中幽趣許誰隣境雙清人獨清采藥難尋童子語山深絕似醉翁遊樂意林壑靜聽泉聲

塞翁吟

友雲

交到無心處出岫細話幽期看流水意俱遲且淡薄相依凌霄未肯從龍去物外共鶴忘機迷古洞掩晴暉翠影濕行衣　飛飛垂天翼飄然萬里愁日暮佳人未歸尚記得巴山夜雨耿無語共說生平都付陶詩休題五柔莫夢陽臺不贈相思

祝英臺近

耕雲

占寛閒鉏浩渺船艤水村悄非霧一作靄非煙生氣一作意霞瑶草蒙茸數畝春陰夢魂落寞知踏碎棃花多少聽孤嘯山淺種玉人歸縹緲度情峭鶴下芝田五色散微照笑他隔浦誰家半江疎雨空吟斷一犂清曉

風入松

岫雲

捲舒無意入虛玄郎壑伴雲煙石根清氣千年潤霞孤松深護啼猿靄靄静隨仙隱悠悠閒對僧眠　傍花懶

向小溪邊空谷霞流泉浮蹤自感今如此已無心萬里行天記得晉人歸去御風飛過斜川

瑤臺聚八仙

為野舟賦

帶雨春潮人不渡沙外曉色迢遥自横深静誰見隅柳停橈知我知魚未是樂轉蓬閒趁白鷗招任風飄夜來酒醒何處江皋　泛宅浮家更好度菰蒲影裏濯足吹簫坐閱千帆空競萬里波濤他年五湖訪隱第一是吳

淞第四橋玄真子共遊煙水人月俱高

疎影

梅影

黃昏片月似一作映碎陰滿地還更清絕枝北枝南疑有疑無幾度背燈難折依稀倩一作靚女離魂處緩步出前村時節看夜深竹外橫斜應妒過雲明滅　窺鏡蛾眉淡抹為容不在貌獨抱孤潔莫是花光描取春痕不怕麗譙吹徹還驚海上燃犀去一作處照水底珊瑚如一作疑

活做弄得酒醒天寒空對一庭香雪

木蘭花慢

書鄧牧心東遊詩卷後

采芳洲薜荔流水外白鷗前度萬壑千巖晴嵐暖翠心目娟娟山川自今自古怕依然認得米家船明月閒延夜語落花靜擁春眠　吟邊象筆蠻牋清絶處小留連正寂寂江潭樹猶如此那更啼鵑居廛閉門隱几好林泉都在卧遊邊一作編　記得當時舊事誤人却是桃源

風入松

陳文卿酒邊偶賦

小窗晴碧颭簾波畫影舞飛梭惜春休一作猶問花多少柳成陰一作陰成一作柳陰中春已無多金字一作塵篋初尋小扇銖衣一作山房早試輕羅一作作試泥金巧扇初裁水碧輕羅園林未肯受清和人醉牡丹坡嘯歌且盡平生事問東風畢竟如何燕子尋常巷陌酒邊莫唱西河

臺城路

遊北山寺 别本作雪竇寺訪同野雲日東巖

雲多一作雪深不記山深淺人行半天巖壑曠野飛聲虛空倒一作側影松挂危峰疑落流泉噴薄自窈窕尋源引瓢孤酌倦倚高寒少年遊事老方覺　幽尋閒院邃閣樹涼僧坐夏翻笑一作深占行樂近竹驚秋一作敲茶穿蘿誤晚一作聞坡種藥都把塵緣消却東林似昨一作東隣舊約待學取當年晉人曾約童子何知故山空放鶴一作算只有淵明至今寥寞動是千年未歸華表鶴

還京樂

送陳行之歸吳

醉吟一作遊處多是琴尊竟日松下語有筆牀茶竈瘦筇相引逢花須住正翠陰迷路年光一作華荏苒成孤旅待趁燕檣休忘了玄都前度漸煙波遠怕五湖淒冷一作西子佳人袖薄修竹依依日暮一作依然見了須說千愁萬緒知他甚處一作日重逢一作來便悤悤一作忙背一作帶潮一作人歸去莫因循誤了一作却幽期應辜舊雨佇立山風晚月明一作明月搖

碎江樹

臺城路

章靜山別業會飲

一窗煙雨不除草移家靜藏深窈東晉圖書南山杞菊誰識幽居懷抱疎陰未掃嘆喬木猶存易分殘照慷慨悲歌故人多向近來老（一作少） 相逢何事欠早愛吟心共苦此意難表野水無鷗閒門斷柳不滿清風一笑荷衣製了待尋壑經邱遡雲孤嘯學取淵明抱琴歸去好

梅子黃時雨

病後別羅江諸友別本作病中懷歸

流水孤村愛塵事頓消來訪深隱向醉裏誰扶滿身花影鷗鷺相看如一作鷺相比瘦近來一作茂陵不是傷春病嗟流景竹外野橋猶繫煙艇誰引斜川歸興便啼鵑縱少無奈一作爭忍時聽待棹擊空明魚一作烟波千頃彈到琵琶留不住最愁人是黃昏近江風緊一行柳陰吹暝

西子妝慢

吳夢窗自製此曲余喜其聲調妍雅久欲述之而未能甲午春寓羅江與羅景良野遊江上綠陰芳草景況離離因填此解惜舊譜零落不能倚聲而歌也別本羅景良作陳文卿

白浪搖天青陰漲地一片野懷幽意楊花點點是春心替風前萬花吹淚遙岑寸碧一作殘山剩水有誰識一作看朝來清氣自沈吟甚流一作風光輕擲一作把繁華如此斜陽外隱約孤村隅塢閒門閉漁舟何似一作自莫一作不歸來

想桃源路通人世（一作問桃開未）危橋（一作樓一作欄）靜倚千年事都
消一醉謾依依愁落鵑聲萬里

聲聲慢

賦漁隱

門當竹徑鷺管苔磯煙波自有閒人棹入孤村落照正
滿寒汀桃花遠迷洞口想如今方信無秦醉夢醒向滄
浪容與淨濯蘭纓　欸乃一聲歸去對筆牀茶竈寄傲
幽情雨笠風蓑古意謾説玄真知魚淡然自樂釣清名

空在絲綸笑未已笑嚴陵還笑渭濱

湘月

余載書往來山陰道中每以事奪不能盡興戊子冬晚與徐平野王中仙曳舟溪上天空水寒古意蕭颯中仙有詞雅麗平野作晉雪圖亦清逸可觀余述此詞蓋白石念奴嬌鬲指聲也

行行且止把乾坤收入一作拾蓬窗深裏一作把乾坤清事攬歸蓬底

星散白鷗三四點數筆横一作秋塘秋一作清意岸嘴衝波

籬根受一作擁葉野逕通村市疎風迎面一作古林深處濕衣原

是空翠　堪嘆敲雪門荒争棋墅冷苦竹鳴山鬼縱使

如今猶有晉無復清遊如此落日沙黄遠天雲淡弄影

蘆花外幾時歸去剪取一半煙水

長亭怨

為任次山賦馴鷺

笑海上白鷗盟冷飛過前灘又顧一作自看秋影似我知魚

亂蒲流水動清飲歲華空老猶一縷柔絲戀頂慵憶駕行想應是朝回花徑　人静悵離羣日莫都把野情消盡山中舊隱料獨樹尚懸蒼暝引殘夢直上青天又何處溪風吹醒定莫負歸舟同載煙波千頃

徵招

聽袁伯長琴別本琴上有太古二字

秋風一作聲吹碎江南樹石牀自聽流水別鶴不一作夜歸來引悲風千里餘音猶在耳有誰識醉翁深意去國情

懷草枯沙遠尚鳴山鬼　客裏可消憂人間世寥寥幾年無此杏老古壇荒把凄涼空指心塵聊更洗傍何處竹邊松底共良夜白月紛紛一作娟娟領一天清氣

法曲獻仙音

席上聽琵琶有感

雲隱山暉樹分溪影未放妝臺一作樓簾捲篝一作窗密籠一作收香鏡圓窺粉一作袖鼎温香倚窗窺粉花深自然寒淺正人在銀屏底琵琶半遮面　語聲軟且休彈玉關愁一作秋怨

怕喚起西湖那時春感楊柳古灣頭記小憐隔水曾見聽到無聲謾贏得情緒難剪把一襟心事散入落梅千點

渡江雲

懷歸別本作客中寒食書以寫興

江山居一作歸未定貂裘已敝空自帶愁歸亂花流水外訪里尋鄰都是可憐時橋邊燕子似軟語斜日江籬休問我如今心事錯認鏡中誰　還思新煙驚換舊雨難

招做不成春意渾未省誰家芳草猶夢吟詩一株古柳
觀魚港傍清深足可幽棲閒趣好白鷗尚識天隨
別本
玉京遊已倦貂裘背雪故國一身歸浣花流水外
訪里尋鄰都是可憐時孤雲遡遠愁倒影斜日江
籬休問取如今成事老鬢漸垂絲　悽悽停杯看
劒換鼎分香做不成春意渾未省誰家芳草猶夢
新詩淒涼最是梅邊月怕夜寒倚竹依依歸去好
白鷗認得天隨

鬭嬋娟

春感 別本作故園荒沒傕事去心有感而作

舊家池沼尋芳處 一作簾休下 從教飛燕頻繞一灣柳護水房春看鏡鸞窺曉暈宿酒 一作粉 雙蛾淡掃羅襦飄帶腰圍小盡醉方歸去又暗約明朝鬭草誰解先到 心緒亂若晴 一作游 絲那回遊處墜紅爭戀殘照近來心事漸無多尚被鶯聲惱便白髮如今縱少情懷不似前時好謾竚立東風外 一作慢重省燕臺句 愁極還醒背花一笑

暗香

海濱孤寂有懷秋江竹閒二友 別本作海濱孤寂魚浪不來寄李仙隱

羽音遼邈一作雁書寥莫一作故交零落怪四一作虛簷晝一作靜悄近來無鵲木一作水葉吹寒極目凝思一作愁思一作愁凝一作凝情倚江閣不信相如便老猶未減當時遊樂但趁他闘一作書草籌花終是帶離索 憶昨更情惡一作寂寞夜偏覺謾認著梅花是君還錯石牀冷落閒掃松陰與誰酌一自飄零一作流

去遠幾誤了燈前深約縱到此歸未得幾曾忘却

玉漏遲

登無盡上人山樓

竹多塵自掃幽通徑曲禪房深窈空翠吹衣坐對閒一作野雲舒一作孤嘯寒一作喬木猶懸故葉又過了一番殘一作斜照經院悄詩夢正迷一作寒獨憐衰草幽一作佳趣盡屬閒僧渾未識人間落花啼鳥呼酒凭高莫問四愁三笑可惜秦山晉水甚却向此時登眺清趣一作處一作致少那

更好游人老

長亭怨

歲庚寅會吳菊泉於燕薊越八年再會於甬東
未幾別去將復之北遂作此曲別本庚寅作辛卯
記橫笛玉關高處萬里沙寒雪深無路破却貂裘遠遊
歸後與一作共誰譜故人何許渾忘了江南舊雨不擬重
逢應笑我飄零如羽　同去釣珊瑚海樹底事又成行
旅煙蓬斷浦更幾點戀人飛絮如今又京洛一作國尋春

定應被薇花留住且莫把孤愁説與當時歌舞

山中白雲詞卷二

欽定四庫全書

山中白雲詞卷三

宋 張炎 撰

西河

依綠莊賞荷分淨字韻（別本依上有史元叟三字）

花最盛西湖曾泛烟艇鬧紅深處小秦箏斷橋夜飲鴛鴦水宿不知寒如今翻被驚醒　那時事都倦省闌干來此閒凭是誰分得半機（一作溪）雲恍疑畫錦想當（別本多年）

字

飛燕皺裊時舞盤微墮珠粉 軟波不剪素練淨碧盈盈移下秋影醉裏玉書難認且脫巾露髮飄然乘興一葉浮香天風冷

玲瓏四犯

杭友促歸調此寄意

流水人家乍過了斜陽一片蒼樹怕聽秋聲却是舊愁來處因甚尚客殊鄉自笑我被誰留住問種桃莫是前度不擬桃花輕誤 少年未識相思苦最難禁此時情

緒行雲暗與風流散方信別淚如雨何況帳空夜鶴(一作鶴怨)怎奈向如今歸去更可憐閒裏白了頭還知否

淒涼犯

過鄰家見故園有感(別本無題)

西風暗剪荷衣碎柔絲不解重緝荒煙斷浦晴暉歷(一作零)亂半江搖碧悠悠望極忍獨聽秋聲漸急更憐他柳髮蕭條相與動愁色　老態今如此猶自留連醉節遊屐(一作慷慨猶歌唾壺空擊)不堪瘦影渺天涯儘成行容因甚忘歸

謾吹裂山陽夜笛夢三十六陂流水去未得

聲聲慢

別四明諸友歸杭

山風古道海國輕車相逢只在東瀛淡薄秋光恰似此日遊情休嗟鬢絲（一作梳）斷雪（一作唾壺暗缺）喜閒身重渡（一作入一作過）西泠（一作林）又遡遠趁回潮拍岸斷浦揚舲莫向長亭折柳正紛紛落葉同是飄零舊隱新招知住第幾層雲疎籬尚存晉菊想依然認得淵明待去也最愁人猶

戀故人

燭影揺紅

西浙冬春間遊事之盛惟杭為然余冉冉老矣始復歸杭與二三友行歌雲舞繡中亦清時之可樂以詞寫之

舟艤鷗波訪隣尋里愁都散老來猶似柳風流先露看花眼閒一作重 把花枝試揀笑盈盈和香待剪也應回首紫曲門荒當年一作時 遊慣簫鼓黄昏動人心處一作事

情無限錦街不甚月明多早已驕塵滿繞過風柔夜暖

漸迤邐芳程遞趲向西湖去一作舊曾遊處那里人家依然鶯

燕

憶舊遊

過故園有感別本作過隣家望故園有感

記凝妝倚扇笑眼窺簾曾款芳尊步屧交枝逕引生香

不斷流水中分忘了牡丹名字和露撥花根甚杜牧重

來買栽無地都是銷魂　空存斷腸草伴幾摺眉痕幾

點啼痕鏡裏芙蓉老問如今何處綰綠梳雲怕有舊時歸燕猶自識黄昏待説與羈愁一作追游遥知路隔楊柳門

春從天上來

已亥春後回西湖飲靜傳董高士樓作此解以寫我憂

海上回槎認舊時鷗鷺猶戀蒹葭影散香消水流雲在踈樹十里寒沙難問錢塘蘇小都不見擘竹分茶更堪嗟似一作向荻花江上誰弄一作嘆餘音嫋嫋却是琵琶烟霞自

延晚照盡換西林（一作陵）窈窕紋紗蝴蝶飛來不知是夢猶疑春在隣家一掬幽懷難寫（一作未必銅鉈解語）春（一作人）何處春（一作人）已天涯減繁華是山中（一作且休嫌）杜宇不（一作莫）是（一作只恨）楊花

甘州　賦衆芳所在

看涓涓兩水自東西中有百花莊步交枝逕裏簾分晝影窗聚春香依約誰教鸝鶊列屋帶垂楊方喜閒居好

翻為詩忙　多少周情柳思向一邱一壑留戀年光又何心逐鹿蕉夢正錢塘且休將扇塵輕障萬山深不是舊河陽無人識牡丹開處重見韓湘

慶清朝

韓亦顏歸隱兩水之濱殆未遜王右丞茱萸沜予從之遊盤花旋竹散懷吟眺一任所適太白去後三百年無此樂也（別本無太白去後二句）

淺草猶霜融泥未燕晴梢潤葉初乾閒扶短策隣家（一作

尋幽小聚清歡錯認籬根是雪梅花過了一番寒風還峭較遲芳信却是春殘　此境此時此意待攜琴獨去石冷慵彈飄飄爽氣飛鳥相與俱還醉裏不知何處一作潭影空搖好詩盡在夕陽山山深杳更無人到流水花間醉魄

真珠簾

梨花

緑房幾夜迎清曉光搖動素月溶溶如水惆悵一株寒記東闌閒倚近日花邊一作間無舊雨便寂寞何曾吹淚

燭外謾羞得紅妝而今猶睡　琪樹皎立風前萬塵空獨挹飄然清氣雅淡不成嬌擁玲瓏（一作娟娟）春意落寞（一作淡淡）雲深詩夢淺但一似唐昌宮裏元是是分明錯認當時玉蕊

探春慢

雪霽

銀浦流雲綠房迎曉一抹牆腰月淡暖玉生煙懸冰解凍（一作融露）碎（一作頻）滴瑤階如霰（一作點點）纔放些晴意早瘦了

梅花一半也知不做花看（一作不作花香）東風何事吹散搖
落似（一作易）成秋苑甚釀得春來怕教春見野渡舟回前
村門掩應是不勝清怨次第尋芳去灞橋外蕙香波暖
猶妬（一作聽）簷聲看燈人在深院
（別本）銀浦流雲綠房迎曉浮浮光粲初覘燒色纔分庭
陰還凍猶憶瑲瑤幾片纔放些晴意早消瘦南枝一
半也知不做花看向風何事吹散　惆悵瓊林夢
斷空釀得春風還怕春見凍解厓陰澌垂山溜淨

洗修眉重展添作寒江水泛蕙渚波明香滿尚聽

簷聲誰家試燈深院

風入松

春遊別本作醉花邊

一春不是不尋春終是不忺人好懷漸向中年減對歌

鍾渾沒心一作風情短帽一作夢怕黏飛絮輕衫厭撲游塵

暖香十里軟一作欵鶯聲小舫一作艇綠楊陰夢隨蝴蝶

飄零後尚依依花月闌心惆悵一株一作東闌棃雪明年甚

處清明

渡江雲

次趙元父韻

錦香一作鄉繚繞地深一作涼燈挂壁簾影浪花斜酒船歸去後轉首河橋那處認紋紗重盟鏡約還記得前度秦嘉惟只有葉題堪記一作付流不到天涯　驚嗟十年心事幾曲闌干想蕭娘聲價閒過了黃昏時候踈柳啼鴉浦潮夜湧平沙白一作淨問斷鴻知落誰家書又遠空江片

月蘆花

探芳信

西湖春感寄草窗別本作次周草窗韻

坐清晝正治思一作興縈花餘醒倦酒甚采一作採芳人老芳心尚如舊銷魂忍說銅駝事不是因春瘦向西園竹掃頹垣蔓蘿荒甃　風雨夜來驟嘆歌冷鶯簾恨凝蛾袖愁到今年多似去年否舊一作賦情懶聽山陽笛目極一作短髮空搔首我何堪老却江潭深柳

聲聲慢

題吳夢窗遺筆 別本作題夢窗自度曲霜花腴卷後

烟堤小舫雨屋深燈春衫慣染京塵舞柳歌桃心事暗惱東鄰渾疑夜窗夢蝶到如今猶宿花陰一作深待喚起甚江蘺搖落化作秋聲　回首曲終人遠一作去暗銷魂忍看朵朵芳雲潤一作戲墨空題惆悵醉魄難醒獨憐水樓賦筆有斜陽還怕登臨愁未了聽殘鶯啼過柳陰

徵招

答仇山村見寄

可憐張緒門前柳相看頻非年少三徑已荒涼更如今懷抱薄游渾是感滿烟水（一作喬木）東風殘照古調誰彈古音誰賞（一作聽）歲華空老　京洛染緇塵悠然（一作悠悠）意獨對南山一笑只在此山中甚相逢不早瘦吟心共苦知幾度剪燈窗小何時更聽雨巴山賦草池春曉

甘州

餞草窗歸霅

記天風飛珮紫霞邊顧曲萬花深甚相如情一作游倦少陵愁老只嘆飄零短夢恍然今昔故國十年心回首三一作空三徑松竹成陰不恨片蓬南浦恨剪燈聽雨誰作孤吟料瘦筇歸後閒鎖北山雲是幾番柳邊竹色是幾番同一作長醉古園林烟波遠筆牀茶竈何處逢君

一萼紅

弁陽翁新居堂名志雅詞名蘋洲漁笛譜

製荷衣傍山窗卜隱雅志可閒時款竹門深移花檻小

動人芳意菲菲怕冷落蘋洲夜月想時將漁笛靜中吹

塵外紫桑燈前兒女笑語忘歸　分得烟霞數畝乍掃苔

尋徑撥葉通池放鶴幽情吟鶯歡事老去却願春遲愛

吾廬琴書自樂好襟懷初不要人知長日一簾芳草一

卷新詩

高陽臺

慶承園即韓平原南園戊寅歲過之僅存丹桂

百餘株有碑記在荆榛中故末有亦猶今之視

昔之感復嘆葛嶺賈相之故廬也

古木迷鴉虛堂起燕懽遊轉眼驚心南圃東窗酸風掃盡芳塵鬢貂飛入平原草最可憐渾是秋陰（一作聲）夜沉沉不信歸魂不到花深吹簫踏葉（一作散髮）幽尋去任船依斷石袖裏寒雲（一作向橋邊喚酒樹底行吟）老桂懸香珊瑚碎擊無聲（一作身在山中舉頭一片香雲）故園已是愁如許撫殘碑却又傷今更關情秋水人家斜照西泠（一作山林）

臺城路

送周方山遊吳

朗吟未了西湖酒驚心又歌南浦折柳官橋呼船野渡還聽垂虹（一作憶五湖）風雨漂流最苦況如此江山此時情緒怕有鴟夷笑人（一作君）何事載詩去　荒臺祇今在否登臨休望遠都是愁處暗草埋沙明波洗月誰念天涯覊旅荷陰未暑快料理歸程（一作飛珮歸來）再盟鷗鷺只恐（一作有）空山（一作見說江南）近來無杜宇

桂枝香

送賓月葉公東歸

晴江迴濶又容裏天涯還嘆輕别萬里潮生一櫂柳絲猶結荷衣好向山中補共飄零幾年霜雪賦歸何晚依依徑菊弄香時節　料此去清遊未歇引一片秋聲都付吟篋落葉長安古意對人休說相思只在相留處有孤芳可憐空折舊懷難寫山陽怨笛夜吹凉月

慶春宫

金粟洞天

蟾窟研霜，蜂房點蠟，一枝曾伴涼宵。清氣初生，丹心未折，濃豔到此都消。避風歸去，貯金屋、粧成漢嬌。粟肌微潤，和露吹香，直與秋高。小山舊隱重（一作誰）招。記得相逢，古道逍遙。把酒長歌，揷花短舞，誰在水國吹簫。餘音何處，看萬里、星河動搖。廣庭人散，月淡天心，鶴下銀橋。

長亭怨

舊居有感

望花外、小橋流水，門巷愔愔，玉簫聲絕。鶴去臺空，珮環何處弄明月十年前事愁千折一作結心情頓別露粉風香誰為主都成消歇淒咽曉一作小窗分袂處同把帶鴛親結江空歲晚便忘了尊前曾說恨西風不庇寒蟬便掃盡一林殘葉謝一本有他字楊柳多情還有緣陰時節

甘州

寄李筠房

望涓涓一水隱芙蓉幾被暮雲遮正憑高送目一作望極西風斷鴈殘月平沙未覺丹楓盡老搖落已堪嗟無避秋

聲處愁滿天涯　一自盟鷗别後甚酒瓢詩錦輕誤年華料荷衣初煖不忍負烟霞記前度剪燈一笑再相逢知一作却在那人家空山遠白雲休贈只贈梅花

前調

趙文升索賦散樂妓桂卿

隔花窺半面帶天香吹動一天秋嘆行雲流水寒枝夜鵲楊柳灣頭浪打石城風急難繫莫愁舟未了笙歌夢倚櫂西州　重省尋春樂事奈如今老去鬢改花羞指

斜陽巷陌都是舊曾遊憑寄與采芳儔侶且不須容易說風流爭得似桃根桃葉明月妝樓

踈影

題賔月圖

雪空四野照歸心萬里千峰獨立身與天遊一洗襟懷海鏡倒湧秋白一作日相逢懶問盈虧事但脈脈此情無極是幾番飛蓋追隨桂底露衣香濕　閒歎樓臺夜色料水光未許人世先得影裏分明認得山河一笑亂山

橫碧乾坤許大須容我渾忘了醉鄉猶容待倩誰招下

清風共結歲寒三益

湘月

賦雲溪

隨風萬里已無心出岫浮游天地為問山中何所有此

意不堪持寄淡薄相依行藏自適一片松陰外石根蒼

潤飄飄元是清氣　長伴暗谷泉生晴光瀲灔濕影搖

花碎濁濁波濤江漢裏忽見清流如此枝上瓢空鷗前

一作沙淨欲洗幽一作愁人耳白蘋洲上浩歌一櫂春水邊別本從龍萬里渺滄溟一粟浮游天地為問山中何所有心事不堪持寄古態行藏閒情舒卷飛出紅塵外石根蒼潤飄然一片清氣　長伴澗底泉生晴光瀲灩濕影搖花碎濁濁波濤江漢裏忽見清流如此鶴浴沙寒鷗眠竹靜深會漁翁意白蘋洲上浩歌一櫂春水

真珠簾

近雅軒即事

雲深別有深一作新庭宇小簾櫳一作窗閒一作紗窗一作窗櫳占取芳菲一作園林多處花暗水房春潤幾番酥雨見說蘇堤一作堤邊晴未穩便懶一作好趁踏青人去休去且料理琴書夷猶今古誰見靜裏閒心一作佳趣靜樂蕭閒縱荷衣未葺一作緝雪巢堪賦醉醒一乾坤任此情何許茂樹石牀同一作因坐久一作嘯傲行行歸較晚又却被清風留住欲住奈簾影妝樓一作簾捲西園剪燈人語

大聖樂

華春堂分韻同趙學舟賦

隱市山林傍家池館頗成佳趣是幾番臨水看雲就樹攬香一作芳詩滿闌干橫處翠徑小車行花影聽一片春聲人笑語深庭一作院宇對清一作晴晝漸長閒教鸚鵡芳情緩尋細愛數碧草平烟一作烟江紅一作空自雨任燕一作鷗來鶯一作鴻一作鷗去香凝翠暖一作閒心未老歌酒清時鐘鼓別本無歌酒字二十四簾冰壺裏有誰在簫臺猶醉舞吹笙侶倚

高寒半天風露

瑞鶴仙

趙文升席上代去姬寫懷

楚雲分斷雨問那回因甚琴心先許怱怱話離緒正花房蜂閙著春無處殘歌剩舞尚隱約當時院宇暗銷凝銅雀深深（一作從此愁多）恐（一作誰）把小喬輕誤休賦玉尊別後老葉沈溝暗珠還浦歡遊再（一作試）數能幾日采芳去（一作能幾日歡娛）最（一作又）無端做了霎時嬌夢不道風流憔苦

把餘情付與秋蛩夜長自語

祝英臺近

重過西湖書所見

水西船山北酒多為買春去事與雲消飛過舊時雨謾留一掬相思待題紅葉一作奈紅葉一作更無題處正延佇亂花渾不知名嬌小未成語短棹輕裝一作逢迎斷橋路那知楊柳風流樹猶如此更休道少年張緒

戀繡衾

代題武桂卿扇

一枝涼玉歀路塵下瑤臺疑是夢雲怕趂取西風去被何人拈住皺裠　温柔只在秋波裏這些兒真箇動心再同飲花前酒莫都忘今夜夜深

甘州

趙文叔與余賦別十年餘余方東遊文叔北歸況味俱寥落更十年覿此曲又當何如耶

記當年紫曲戲分花簾影最深深聽惺鬆語笑香尋古

字譜指新聲散盡（一作歌舞）黃金歌舞（一作去後）那處著春情夢醒方知夢夢豈無憑　幾點别餘清淚盡化作妝樓斷雨殘雲指梢頭舊恨豆蔻結愁（一作秋）（一作同）心都休問北來南去但依依同是可憐人還飄泊何時（一作處）尊酒却說如今

浣溪紗

犀押重簾水院深柳綿（一作楊花）撲帳畫悄悄夢回孤蝶弄春陰　乍減楚（一作寒）衣收帶眼初匀商（一作暖）鼎熨香心

燕歸搖動護花鈴

菩薩蠻

蕊香不戀琵琶結舞衣折損藏花蝶春夢未堪憑幾時

春夢真　愁把殘更數淚落燈前雨歌酒一作舞可曾慳

情懷似去年

四字令

鶯吟翠屏簾吹絮雲東風也怕花嗔帶飛花趕春　隣

娃笑迎嬉遊趁晴明朝何處相尋那人家柳陰

山中白雲詞卷三

欽定四庫全書

山中白雲詞卷四

宋 張炎 撰

聲聲慢

已亥歲自台回杭鴈旅數月復起遠興余冉冉老矣誰能重寫舊遊編否

穿花省路傍竹（一作問市）尋鄰如何故隱都荒問取堤邊（一作認得西林）因甚減却垂楊消磨縱然未盡滿烟波添了斜陽

空（一作助）嘆息又翻成無限杜老淒涼　一舸清（一作凌）風何處把秦山晉水分貼詩囊髮（一作與）已飄飄休問歲晚空江松陵試招舊隱（一作雨）怕白鷗猶識清狂漸遡遠望并州却是故鄉

杏花天

賦疎杏

湘羅幾剪黏新巧似過雨臙脂全少不教枝上春痕鬧都被海棠分了　帶柳色愁眉暗惱謾遙指孤村自好

一作路香深巷明朝休起早空等賣花人到

醉落魄

柳侵闌角畫簾風軟紅香泊一作落引人蝴蝶翻輕薄已自關情和一作如夢近一作迎來惡眉梢輕把閒愁著如今愁重眉梢弱雙眉不畫愁消却不道愁痕來傍眼邊覺

甘州

題戚五雲雲山圖

過千巖萬壑古蓬萊招隱竟忘還想乾坤清氣霏霏冉冉却在闌干洞户來時不鎖歸水映花關只可自怡悦持寄應難　狂容如今何處甚酒船去後烟水空寒正黄塵没馬林下一身閒幾消凝此圖誰畫細看來元不是終南無心好休教出岫只在深山

小重山

賦雲屋

清氣飛來望似空數椽何用草縢堪容捲將一片當簾

櫳難持贈只在此山中　魚影倦隨風無心成雨意又西東都緣窗户自玲瓏江楓外不隔夜深鐘聲聲慢

西湖別本作與王碧山泛舟鑑曲王蒓隱吹簫余倚歌而和天闊秋高光景奇絶與姜白石垂虹夜游同一清致也

晴光轉樹曉氣分嵐何人野渡横舟斷柳枯蟬凉意正瀟西州怱怱載花載酒便無情也自一作是風流荒晝短奈不堪深夜秉燭來遊　誰識山中朝暮向白雲一笑

今古無愁散髮吟商此興萬里悠悠清狂未應似我倚高寒隔水呼鷗須待月許多清一作情都付與秋

木蘭花慢

為靜春賦

幽棲身懶動邃庭悄日偏長甚不隱山林不喧車馬不斷生香澄心淡然止水笑東風引得落花忙慵對魚翻暗藻閒留鶯管垂楊　徜徉淨几明窗穿窈窕染芬芳白鶴無聲蒼雲息影物外行藏桃源去塵更遠問當年

何事識漁郎爭似重門晝掩自看生意池塘

玉蝴蝶

賦玉繡毬花

留得一團和氣此花開盡一作後春已規圓虛白窗深恍訝碧落星懸颭芳叢低翻雪羽凝素艷爭簇冰蟬向西園幾回錯認明月秋千　欲覓生香何處盈盈一水空對娟娟一作嬋娟待折歸來倩誰偷解玉連環試結取鴛鴦錦帶好移傍鸚鵡珠簾晚階前落梅無數因甚啼鵑

南樓令

壽邵素心席間賦

一片赤城霞無心戀海涯遠飛來喬木人家且向琴書深處隱終勝似聽琵琶　休近七香車年華已破瓜怕依然劉阮桃花欲問長生何處好金鼎内轉丹砂

國香

賦蘭

空谷幽一作佳人曳冰簪霧帶古色生一作意融春結根未同

一作倦隨蕭艾獨抱孤一作幽貞自分生涯淡薄隱蓬蒿甘老山林風烟伴憔悴一作共榮瘁冷落吳宮草暗花深霽痕消蕙雪向崖陰飲露應一作不是知心一作袛新芽小碧飲露崖陰所思何處愁滿楚水湘雲肯信一作不道遺芳千古尚依依澤畔行吟香痕一作嬌魂已成夢短操誰彈月冷瑤琴

探春

己亥客闔閭歲晚江空暖雨奪雪篝燈顧影依依可憐作此曲寄戚五雲書之幾脫腕也別本奪雪

（下有嘆時序之侵尋也七字無篝燈以下數句）

列屋烘爐深門響竹催殘客裏時序投老情懷薄遊滋味消得幾多淒楚聽鴈聽風雨更聽過（一作得一作偏）數聲柔櫓暗將一點歸心試託醉鄉（一作鄉書）分付借（一作試）問（一作十二）西樓在否休忘了盈盈端正窺戶鐵馬春冰柳蛾晴雪（一作柳雪禁蟬簾冰卻燕一作簾卻蟬冰柳縈蛾雪）次第滿城（一作趁時）簫鼓閒見誰家月渾不記舊遊（一作閒燈一作故人）何處伴我微吟恰有梅花一樹

燭影搖紅

答部素心

隔水呼舟采香何處追遊好一年春事二分花猶有花
多少　容易繁華過了趁園林飛紅未掃舊醒新醉幾
日不來綠陰芳草

別本隔水呼舟細聽人語吹笙道一年春事二分花猶
有春多少　容易芳菲過了趁園林香塵未掃古
樓窺燕山谷調鶯玉酣紅鬧

木蘭花慢

丹谷園

萬花深處隱安一點世塵無步翠麓幽尋白雲自在流水縈紆攜歌緩遊細賞倩何人重寫輞川圖遲日香生草木淡風聲和琴書　安車歌引巾車童放鶴我知魚看静裏閒中醒來醉後樂意偏殊桃源帶春去遠有園林如此更何如回首丹光滿谷恍然却是蓬壺

意難忘

中吳車氏號秀卿樂部中之翹楚者歌美成曲得其音旨余每聽輒愛嘆不能已因賦此以贈余謂有善歌而無善聽雖抑揚高下聲字相宣傾耳者指不多屈曾不若春蚓秋蛩爭聲響於月籬烟砌間絶無僅有余深感於斯為之賞音豈亦善聽者耶

風月吳娃柳陰中認得第二一作一香車春深妝減艷波轉影流花鶯語滑一作澀透紋紗一作剪紛譁有低唱人誇一作

(雲暖聚紋紗)怕誤却周郎醉(一作顔)眼倚扇佯(一作低)遮底須拍碎(一作擊碎 一作碎擊)紅牙聽曲終奏雅可是堪嗟無人知此意明月又誰家塵滾滾老年華付情(一作恨)在琵琶更嘆我黃蘆苦竹萬里天涯

(別本)槐柳陰斜偶相逢第二香車春深腮減素波轉眼流花鶯語滑隔窗紗片雲駐詹牙似暗把琴心待許扇影還遮　吳歈謾說雛娃聽曲終奏雅可是堪嗟無人知此意明日又誰家塵滾滾老年華賦

情在琵琶更聽我青衫易濕萬里天涯

壺中天

養拙園夜飲

瘦筇訪隱正繁陰閒鎖一壺幽綠喬木（一作山色）蒼寒圖畫古窈窕行人韋曲鶴響天高水流花淨笑語通華屋虛堂松外夜深涼氣吹燭　樂事楊柳樓心瑶臺月下有生香堪掬誰理商（一作簫）聲簾外（一作户）悄蕭瑟懸璫鳴玉一笑難逢四愁休賦任我雲邊宿倚欄歌罷露螢飛上

秋竹

前調

賦秀野園清暉堂別本作為陸義齋賦清暉山堂

穿幽透密傍園林宴樂清明鐘鼓簾隔波紋分畫影一作靜融得一壺春聚篆徑通花花多迷徑難省來時路緩尋深靜一作密野雲松下無數空翠暗濕荷一作人衣更猶舒嘯日涉成佳趣香雪因風晴更落知是山中何樹罍石橫琴懸厓擁一作小檻待月慵歸去忽來詩思水田

飛下白一作霜露飛鷺

清波引

横舟是時以湖湘廉使歸别本作横舟湖湘就賦送别廉使

江濤如許更一夜聽風聽雨短篷容與盤礴那堪數弭節澄江一作扶踈樹不爲蓴鱸歸去怕教冷落蘆花誰招得舊鷗鷺寒汀一作洲古溆一作斷浦盡日無人喚渡此中清楚寄情在譚麈難覓眞閒處肯被水雲留住冷然棹入中流去一作近天尺五

暗香

送杜景齋歸永嘉

猗蘭(一作倚闌)聲歇抱孤琴思遠幾番彈徹洗耳無人寂寂行歌古時(一作城)月一笑東風又急黯銷凝(一作魂)恨聽啼鴂想少陵還嘆飄零遣(一作遺)興在吟篋　愁絕更離(一作愁)別待款語遲留(一作徵吟)賦歸心切故園夢接花暗閒門掩春(一作飛)蝶重訪山中舊隱有羇懷未須輕說莫相忘堤上柳此時共折

一萼紅

東季博園池在平江文廟前

艤孤篷正叢篁護碧流水曲池通傴僂穿巖紆盤尋徑忽見倒影凌空擁一片花陰無地細看來猶占却春風勝事園林舊家陶謝詩酒相逢　眼底烟霞無數料神仙即我何處崆峒清氣分來生香不斷洞户自有雲封認奇字摩挲峭石聚萬景只在此山中人倚虛閣喚鶴月白千峰

霜葉飛

悼澄江吳君立齋南塘不礙雲山皆其亭名

故園空杳霜風勁南塘吹斷瑤草已無清氣礙雲山柰此時懷（一作情）抱尚記得修門賦曉杜陵花竹歸來早傍雅亭幽榭慣欵語英遊好懷無限歡笑不見換羽移商杏梁塵（一作聲）遠可憐都付殘照坐中泣下最誰多嘆賞音人少悵一夜梅花頻老今年（一作日）因甚無詩到待喚起（一作醒）清魂說與淒涼定應（一作也教）愁了

憶舊遊

寄友

記瓊筵卜夜錦檻移春同惱鶯嬌暗水流花徑正無風院落銀燭遲銷鬧枝淺壓髻髻香臉泛紅潮甚如此遊情還將樂事輕趁冰消　飄零又成夢但長歌嫋嫋柳色迢迢一葉江心冷望美人不見隔浦難招認得舊時鷗鷺重過一作見月明橋溯萬里天風清聲謾憶何處鸞簫

木蘭花謾

舟中有懷澄江陸起潛皆山樓昔遊澄江即江陰

水痕吹杏雨正人在隔江船看燕集春一作深蕪漁棲暗竹濕影浮烟餘寒尚猶戀柳怕一作怯東風未肯擘晴綿愁重遲教醉醒夢長催得詩圓　樓前笑語當年情款密思留連記白月依弦青天墮酒衮衮山川垂髫至今在否倚飛臺誰擲買花錢不是尋春較晚都緣聽得啼鵑

瀟瀟雨

泛江有懷袁通父唐月心

空山彈古琵搊長流洗耳復誰聽倚闌干不語江潭樹老風挾波鳴愁裏不須啼鴂花落石牀平歲月鷗前夢耿耿離情　記得相逢竹外看詞源倒瀉一雪塵纓笑㣻㣻呼酒飛雨夜舟行又天涯零落如此掩閒門得似晉人清相思恨一作眼趁楊花去錯到長亭

臺城路

抵吳書寄舊友

分明柳上春風眼曾看(一作見)少年人老鴈拂沙黄天垂海白(一作碧)野艇誰家昏曉驚心夢覺謾慷慨悲歌賦歸不早想得相如此時(一作生)終是倦遊了經行幾度怨別酒痕消未盡空被花惱茂苑重來竹溪深隱還勝飄零多少羈懷頻掃尚識得妝樓那回蘇小寄語盟鷗問春何處好

木蘭花慢

趙鶴心問余近況書以寄之

日（一作月）光牛背上更時把漢書看記落葉江城孤雲海樹漂泊忘還却知偶然是夢夢醒來未必是（一作失）邯鄲笑指螢燈借暖愁憐鏡雪驚寒　投閒寄傲怡顏要一似白鷗閒且旋緝荷衣琴尊容裏歲月人間菟裘漸營瘦竹任重門近水隔花關數畝清風自足元來不在深山

瑤臺聚八仙

杭友寄聲以詞答意

秋水（一作渚）涓涓人正遠魚鴈待拂吟箋也知游意（一作事）多在第二橋邊花底鴛鴦深處影（一作睡）柳陰澹隔裏湖船路綿綿夢吹舊笛（一作曲）如此山川平生幾兩謝屐任放歌自得直上風烟峭壁誰家長嘯竟落松前十年孤劍萬里又何似畦分抱甕泉中山酒且醉飡石髓白眼青天

摸魚子

寓澄江喜魏叔皐至

想西湖斷橋蹥樹梅花多是風雨如今見説閒雲散烟水少逢鷗鷺歸未許又歎竹誰家遠思愁似庾重遊倦旅縱認得江山長江滚滚隔浦正延佇　垂楊渡握手荒城舊侶不知來自何處春窗剪韭青燈夜疑與夢中相語闌屢拊甚轉眼流光短髪真堪數從教醉舞試借地看花揮毫賦雪孤艇且休去

壺中天

陸性齋築葫蘆庵結茅於上植桃於外扁曰小蓬壺

海山縹緲算人間自有移來蓬島一粒粟中生倒景日月光融丹竈玉洞分春雪巢不夜心寂凝虛照鶴溪遊處肯將琴劍同調　休問挂樹瓢空窗前清意贏得不除草只恐漁郎曾誤入翻被桃花一笑潤色茶經評量山水如此閒方好神仙陸地長房應未知道

風入松

題澄江仙刻海山圖或云桃源圖夷堅志云七十二女仙正合霓裳古曲仇仁近一詩精妙詳盡余詩不能工也別本海山作水山

危一作迷樓古鏡影猶寒倒景忽相看桃花不識東西晉想如今也夢邯鄲縹緲神仙飄零圖畫人間　寶光丹氣共回環水弱小舟閒秋風難老三株樹尚依依脆管清彈說與霓裳莫舞銀橋不到深山

數花風別本作鳳凰閣

別義興諸友

好遊人老秋鬢蘆花共色征衣猶戀(一作是)去年客古道依然黄葉誰家蕭瑟自笑我如何是得　酒樓仍在流落天涯醉白孤城寒樹美人隔烟水此程應遠須尋梅驛又漸數花風第一

南樓令

風雨怯(一作客)殊鄉梧桐又(一作傍)小窗甚秋聲今夜偏長憶著舊時歌舞地誰得似牧之狂　茉莉擁釵梁雲窩

一枕香醉瞢騰多少思量明月半牀人睡一作夢覺一作醒聽說道夜深涼

前調

送崇一峰遊靈隱別本無崇字

重整舊漁蓑江湖風雨多好襟懷近日消磨流水桃花隨處有終不似隱烟蘿　南浦又漁一作離歌桃雲泛遠波想孤山山下經過見說梅花都老盡憑為一作與問是如何

淡黄柳

贈蘇氏柳兒

楚腰一捻羞剪青絲結力未勝春嬌怯怯暗託鶯聲細說愁處眉心鬬雙葉　正情切柔枝未堪折應不解管離別奈一作謾如今已入東風睫望斷章臺馬蹄何處閒了黄昏淡月

清平樂

候蛩凄斷人語西風岸月落沙平江似練一作流水謾望盡

一作猶白蘆花無鴈　暗教愁損蘭成可憐一作都緣夜夜闌一作閣情只有一枝一作株梧葉一作桐樹不知多少秋聲

虞美人

余昔賦柳兒詞今有杜牧重來之嘆劉夢得詩云春盡絮飛留不住隨風好去落誰家作憶柳曲

修眉刷翠春痕聚難翦愁來處斷絲無力綰韶一作繁華也學落紅流水到天涯　那回錯認章臺下一作樹却是

陽關也(一作路)待將新恨(一作心眼)趁楊花不識相思一點在
誰家

減字木蘭花

寄車秀卿

鎖香亭榭花艷烘春曾卜夜空想芳遊不到秋涼(一作深)
不信愁酒(一作漏)遲歌(一作聲)緩月色平分窗一半誰伴
孤吟手擘黃花碎卻心

踏莎行

柳未三眠風纔一汎催人步屧吹笙徑可曾中酒似當時如今卻是看花病　老願春遲愁嫌晝静秋千院落寒猶剩捲簾休問海棠開相傳燕子歸來近

南鄉子

憶春

歌扇錦連枝問著東風已不知怪底樓前多種柳相思那葉渾如舊樣眉　醉裏眼都迷遮莫東牆帶笑窺行到尋常遊冶處慵歸只道看花似向時

蝶戀花

贈楊桊卿別本作贈愛卿

頗愛楊瓊妝淡注猶理螺鬟擾擾鬆雲聚雨翦秋痕流不去佯羞却把周郎顧　欲訴一作多少閒愁無說處幾過鶯簾聽得閒關語昨夜月明香暗度相思忽到梅花樹

前調

陸子方飲客杏花下

仙子鋤雲親手種春鬧枝頭消得微霜凍可是東風吹

不動金鈴懸網珊瑚重　社燕盟鷗詩酒共未足游情剛把斜陽送今夜定應歸去夢青嶺流水簫聲弄

前調

賦艾花

巧結分枝黏翠艾剪剪香痕細把泥金界小簇葵榴芳錦溢紅妝人見應須愛　午鏡將拈開鳳蓋倚醉凝嬌欲戴還慵戴約臂猶餘朱索在梢頭添掛朱符袋

清平樂

贈處梅

暗香千樹結屋中間住明月一方流水護夢入梨雲深處清水隔斷塵埃無人踏碎蒼苔一似逋仙歸後吟詩不下山來

山中白雲詞卷四

欽定四庫全書

山中白雲詞卷五

宋 張炎 撰

燭影搖紅

隔窗聞歌

閒一作園苑深迷一作沈趁香隨粉一作蝶都行遍隔窗花氣暖扶春只許鶯鶯占燭錟晴烘醉臉想東鄰偷窺笑眼欲尋無處暗掐一作拍一作播新聲銀屏斜掩　一片雲閒一作

閒雲那知顧曲周郎怨看花猶自未明分畢竟何時見巳信仙緣較淺謾凝思風簾倒捲出門一笑月落江橫數峰天遠

露華

碧桃

亂紅似雨疋翠蹊誤曉玉洞明（一作鳴）春蛾眉淡掃背風不語盈盈莫恨小溪流水引劉郎不（一作渾）是飛瓊羅扇底從教淨治遠障歌塵一掬瑩然生意伴壓架酴醾

相惱芳吟玄都觀裏幾回錯認梨雲花下一作外可憐仙子醉東風猶自吹笙殘照晚漁翁一作郎正迷武陵

解語花

吳子雲家姬號愛菊善歌舞忽有朝雲之感作此以寄

行歌趁月喚酒延秋多買鶯鶯笑蕊枝嬌小渾無奈一掬醉鄉懷抱籌花鬬草幾曾放好春閒了芳意闌可惜香心一夜酸風掃　海上仙山縹緲問玉環何事苦無

分曉舊愁空杳藍橋路深掩半庭斜照餘情暗惱都緣是那時年少驚夢回懶說相思畢竟如今老

祝英臺近

余老矣賦此為猿鶴問

及春遊卜夜飲人醉萬花醒轉眼(一作首)年華白髮半(一作颯)垂領與鷗同一清波風蘋(一作賓)月樹(一作友)又何事浮蹤不定靜中省便須門掩柴桑黃卷伴孤隱一粟生涯樂事(一作意)在瓢飲愛閒休說山深有梅花處更添個

暗香疎影

瑶臺聚八仙

菊日寓義興與王寬軒會飲酒中書送白廷玉

楚竹閒挑千日酒樂意稍稍漁樵那回輕散飛夢便覺

迢遙似隔芙蓉無路一作夢到如何共此可憐宵舊愁消

故人念我來問寂寥　登臨試開笑口看垂垂短髪破

帽休一作輕飄欵語微吟清氣一作風頻掃花妖明朝柳岸

醉醒又知在烟波第幾橋懷人處任滿身風露踏月吹

簫

滿江紅

贈韞玉傳奇惟吳中子弟為第一

傅粉何郎比玉樹瓊枝謾誇看紛紛東塗西抹笑語浮華蝴蝶一生花裏活似花還似恐非花最可人嬌艷正芳年如破瓜　離別恨生嘆嗟歡情事起諠譁聽歌喉清潤片玉無瑕洗盡人間笙笛耳賞音多向五侯家好思量都在步蓮中裙翠遮

摸魚子

別處梅

向天涯水流雲散依依往事非（一作如）舊西湖見說鷗飛去知有海翁來否風雨後甚容裏逢春尚記（一作飲）花間酒空嗟皓首對茂苑殘紅攜歌占地相趁小垂手歸時候花徑青紅（一作松）尚有好遊何事詩瘦龜蒙未肯尋幽興曾笑志和漁叟吟嘯久愛如此清奇歲晚忘年友呼船渡口嘆西出陽關故人何處愁在渭城柳

南鄉子

為處梅作

風月似孤山千樹斜横水一環天與清香心獨領怡顔
冰雪中間屋數間庭户隔塵寰自有雲封底用關却
笑桃源深處隱躋攀引得漁翁見不難

南樓令

送韓竹間歸杭并寫未歸之意

一見又天涯人生可嘆嗟想難忘江上琵琶詩酒一瓢

風雨外都莫問是誰家　憐我鬢先華何愁歸路賒向西湖重隱烟霞說與山童休放鶴最零落是梅花醉落魄

題趙霞谷所藏吳夢窗親書詞卷

鏤花鐫葉滿枝風露和香擷引將芳思歸吟篋夢與魂同一作消閒了弄香蝶　小樓簾捲歌聲歇幽篁獨處泉嗚咽短一作錦箋空一作定在愁難說霜角寒梅吹碎半江月

壺中天

客中寄友

西秦倦旅是幾年不聽西湖風雨我托長鑱垂短髮心事時看天語吟箧空隨征衣休换薜荔猶堪補山能招隱一瓢閒挂烟樹　方嘆舊國人稀花間忽見傾蓋渾如故客裏不須談世事野老安知今古海上盟鷗門深款竹風月平分取陶然一醉此時愁在何處

聲聲慢

和韓竹間韻贈歌者關關在兩水居

鬟絲濕霧扇錦翻桃尊前乍識歐蘇賦筆吟箋光動萬顆驪珠英英歲華未老怨歌長空擊銅壺細看取有飄然清氣自與塵踈　兩水猶存三徑嘆綠窗窈窕謾長新蒲茂苑扁舟底事夜雨江湖當年掷枝放却又不知樊素何如向醉裏暗傳香還記也無

清平樂

題處梅家藏所南翁畫蘭別本作所南翁詩書之暇為屈平寫真一

片古意照耀心目然不然是不是君其問賈長沙於湘水之濵

黒雲飛起夜月啼湘鬼魂返靈根無二紙千古不隨流水

鄰心淡染清華似花還似非花要與閒梅相處孤山山下人家

臺城路

餞于壽道應舉

幾年槐市槐花冷天風又寒吹起故篋重尋閒書再整猶記燈窗滋味渾如夢裏見說道如今早催行李快買

扁舟第一橋邊趁流水　陽關須是醉酒柳條休要折爭似攀桂舊有家聲榮看世美方了平生英氣瓊林宴喜帶雪絮歸來滿庭春意事業方（一作才）新大鵬九萬里

壺中天

詠周靜鏡園池

萬塵自遠徑松存髣髴斜川深意烏石岡邊猶記得竹裏吟安一字晴（一作密）葉禽幽（一作鶯巢）虛闌荷近暑薄遲花氣行行且止枯瓢枝上閒寄　不恨老却流光可憐歸

未得翻恨流水落落嶺頭雲尚在一笑生涯如此樹老梅荒山孤人共隔浦船歸未劃然長嘯海風吹下空翠

如夢令

處梅列芍藥於几上酌余不覺醉酒陶然有感

隱隱烟痕輕注拂拂脂香微度十二小紅樓人與玉簫何處歸去歸去醉插一枝風露

祝英臺近

寄陳直卿

路重尋門半掩苔老舊時樹采藥雲深童子更無語怪我流水迢遥湖天日暮想只在蘆花多處　謾延佇娃名題上芭蕉良夜未風雨賦了秋聲還賦斷腸句幾回獨立長橋扁舟欲換待招取白鷗歸去

如夢令

題漁樂圖

不是瀟湘風雨不是洞庭烟樹醉倒一作到古乾坤人在孤篷來處休去休去見說桃源無路

桂枝香

如心翁置酒桂下花晚而香益清坐客不談俗事惟論文主人歡甚余歌美成詞

琴書半室向桂邊偶然一見秋色老樹香遲清露綴花疑滴山翁翻笑如泥醉笑生平無此狂逸晉人遊處幽情付與酒尊吟筆　任蕭散披襟岸幘嘆千古猶今休問何夕髮短霜濃却恐浩歌消得明年野客重來此探枝頭幾分消息望西樓遠西湖更遠也尋梅驛

瑤臺聚八仙

為焦雲隱賦

春樹江頭一作東吟正遠清氣竟入崆峒問余棲處只在縹緲山中此去山中何所有芰荷製了集芙蓉且扶節倦遊萬里獨對青松　行藏也須在我笑晉人為菊出岫方濃淡然無心古意且許誰同飛符夜深潤物自呼起蒼龍雨太空舒還捲看滿樓依舊霽日光風

前調

余昔有梅影詞今重為模寫

近水横斜先得月玉樹宛若籠紗散跡苔裀（一作痕）墨暈淨洗鉛華誤入羅浮身外夢似花又却（一作却又）似非花探寒葩倩人醉裏扶過溪沙　竹籬幾番倦倚看乍無乍有如寄生涯更好一枝時到素壁簷牙香深與春暗却且休把江頭千樹誇東家女試淡妝顛倒難勝西家

前調

詠鴛鴦菊

老圃堪嗟深夜雨紫英猶傲霜華暖宿籬根飛去想怯寒沙采摘浮杯如戲水晚香淡似夜來些背風斜翠沓徑裏描繡人誇　白頭共開笑口看試妝滿插雲鬟雙了蝶也休愁不是舊日踈葩連枝願為比翼問因甚寒城獨自花悠然意對九江正色還醉陶家

絕妙好詞乃周草窗所集也

西江月

花氣烘人尚暖珠光出海猶寒如今賀老見應難解道

江南腸斷謾擊銅壺浩嘆空存錦瑟誰彈莊生蝴蝶夢春還簾外一聲鶯喚

霜葉飛

毘陵客中聞老妓歌

繡屏開了驚詩夢嬌鶯啼破春悄穩將譜字轉清圓正杏梁聲繞看帖帖蛾眉淡掃不知能聚愁多少嘆客裏淒涼尚記得當年雅音低唱還好　同是流落殊鄉相逢何晚坐對真被花惱貞元朝士已無多但暮烟衰草

未忘得春風窈窕却憐張緒如今老且慰我留連意莫説西湖那時蘇小

蝶戀花

題末色褚仲良寫真

濟楚衣裳眉目秀活脱梨園子弟家聲舊諢砌隨機開笑口筵前戲諫從來有　戛玉敲金裁錦繡引得傳情惱得嬌娥瘦離合悲歡成正偶明珠一顆盤中走

甘州

為小玉賦梅并柬韓竹間

見梅花斜倚竹籬邊休道北枝寒翠袖情隨眼盼愁接眉彎一串歌珠清潤綰結玉連環蘇小無尋處元在人間　何事凄凉蜗竅向尊前一笑歌倒狂瀾嘆從來古雅欲覓賞音難有如此和聲軟語甚韓湘風雪度藍關君知否挽櫻評柳却是香山

澄江陸起潛皆山樓四景

甘州

雲林市遠 君山下枕江流為羣山冠冕塔院居乎絕頂舊有浮遠堂今廢

俯長江不占洞庭波山拔地形高對扶踈古木浮圖倒影勢壓雄一作洪濤門掩翠微僧院應有月明敲物換堂安在斷碣閒拋 不識廬山真面是誰將此屋突兀林坳上層臺回首萬境入詩豪響天心數聲長嘯任清風吹頂髮蕭騷凭闌久青琴何處獨立瓊瑤

瑤臺聚八仙

千巖競秀 澄江之山峯嶂清麗奔馳相觸自北而東由東而南令人應接不暇其秀

氣之所鍾與

屋上青山青未了凌虛試一憑闌亂峰疊嶂無限古色蒼寒正喜雲閒雲又一作自去片雲未識我心閒對林巒底須謝屐何用躋攀　三十六梯眺遠任半空笑語飛落人間賦筆吟牋塵事竟不相關朝來自然氣爽更好是秋屏宜晚看蓬壺一作塵寰裏有天開圖畫一作仙境休喚邊鸞一作圖畫應難

壺中天

月湧大江 西有大江遠隔淮甸月白潮生神與為之飛越

長流萬里與沈沈滄海平分一水孤白爭流蟾不沒影落潛蛟驚起瑩玉懸秋綠房迎曉樓觀先凝洗紫簫聲一作音嫋四簷吹下清氣遙梯浪擊空明古愁休問消長盈虛理風入蘆花歌忽斷知有漁舟閒艤露已沾衣鷗猶棲草一片瀟湘意人方酣夢長翁元自如此

臺城路

遙岑寸碧 澄江衆山外無錫惠峰在其南若地靈湧出不偏不倚處樓之正中蒼翠

横陳足斯樓之勝境也

翠屏欹處添奇觀修眉遠浮孤碧天影微茫烟痕黯淡不與千峰同色憑高望極向簾幙中間冷光流入料得吟僧數株松下坐蒼石泉源猶是故跡煮茶曾味古還記游歷調水符間登山屐在却倚闌干斜日輕一作清陰易歇看飄忽風雲晦明朝夕為我飛來傍江横峭壁

江城子

為滿春澤賦横空樓

下臨無地手捫天上雲烟俯山川棲止危巢不隔道林禪坐處清高風一作風高雨隔全萬境一壺懸　我來直欲挾飛仙海為田是何年如此江聲嘯詠白鷗前老樹無根雲懵懂憑寄語米家船

木蘭花慢

游天師張公洞

風雷開萬象散一作放天影入虛壇一作浸仙壇看峭壁垂雲奇峰獻玉光洗琅玕青苔古痕一作根暗裂映參差石乳

一作影倒懸山那得虛無幻境元來透徹玄關　躋攀竟日忘還空翠滴逼衣寒想邃宇陰陰爐存太乙難覓飛丹冷然洞靈一作雲去遠甚千年都不到人間見說尋真有路也須容我清閒

臺城路

為湖天賦

扁舟忽過蘆花浦閒情便隨鷗去水國吹簫虹橋問月西子如今何許危闌漫撫正獨立蒼茫半空飛露倒影

虛明洞庭波映廣寒府　魚龍吹浪自舞渺然凌萬頃
如聽風雨夜氣浮山晴暉蕩日一色無尋秋處鷺鳧自
語尚記得當時故一作散人來否勝景平分此心游太古

月下笛

寄仇山村溧陽

千里行秋支筇背錦頻懷清友殊鄉聚首愛吟猶自詩
瘦山人不解思一作愁猿鶴笑問我韋一作蕭娘在否記長
堤畫舫一作西湖畫舸花柔春鬧幾番一作度攜手　別後都依

舊但靖節門前近來無柳盟鷗尚有可憐西塞漁叟斷腸不恨江南老恨落葉飄零最久倦遊處減羇愁猶未消磨（一作忘情）是酒

臺城路

遷居

桃花零落玄都觀劉郎此情誰語鬢髮蕭踈襟懷淡薄空賦天涯羇旅離情萬縷第一是難招舊鷗今（一作新）雨錦瑟年華夢中猶記艷遊處　依依心事最苦片帆渾

是月獨抱凄楚屋破容秋牀空對雨迷却青門瓜圃初荷未暑嘆極目烟波又歌南浦燕忽歸來翠簾深幾許

惜紅衣

贈伎雙波

兩剪秋痕平分水影炯然冰潔未識新愁眉心倩人貼無端醉裏通一笑縈花盈睫癡絕不解送情倚銀屏斜瞥　長歌短舞換羽移宮飄飄步回雪扶嬌倚扇欲把豔懷說前日杜郎重到只慮空江桃葉但數峰猶在知

傍那家風月

滿江紅

澄江會大初李尹

江上相逢更秉燭渾疑一作是夢裏寂寞久瑟絃塵斷為君重理紫綬金章都莫問醉中却送揶揄鬼看滿頭白雪欲消難一作恐難消春風起雲一片身千里漂泊地東西水嘆十年不見我生能幾慷慨悲歌驚淚落古人未必皆如此想今人愁似古人多如何是

壺中天

送趙壽父歸慶元

奚囊謝屐向芙蓉城下幾番遊歷一作息江上沙鷗何所似白髮飄飄行一作閒客曠海一作埜乘風長波垂釣欲把珊瑚拂近來楊柳却憐渾是秋色　日暮空想佳人楚芳難贈烟水分明隔老病孤舟天地裏惟有歌聲消得一作沒故國荒城斜陽古道可奈花狼籍他時一笑似曾何處相識

山中白雲詞卷五

欽定四庫全書

山中白雲詞卷六

宋　張炎　撰

紅情

疎影暗香姜白石爲梅著語因易之曰紅情綠意以荷花荷葉詠之

無邊香色記涉江自采錦機雲密剪剪紅衣學舞波心舊曾識一見依然似語流水遠幾回空憶看盈盈倒影

窺妝玉潤露痕濕　閒立翠屏側愛向人弄芳背酣斜日料應太液三十六宫土花碧清輿後風更爽無數滿汀洲如昔汎片葉烟浪裏卧横紫笛

綠意

碧圓自潔向淺洲遠渚亭亭清絶猶有遺簪不展秋心能捲幾多炎熱鴛鴦密語同傾蓋且莫與浣紗人説恐怨歌忽斷花風碎却翠雲千疊　回首當年漢舞怕飛去謾綃一作搯留仙裙褶戀戀青衫猶染枯香還嘆鬢絲

飄雪盤心清露如鉛水又一夜西風吹折喜靜看匹練秋光倒寫半湖明月

虞美人

題陳公明所藏曲册

黃金誰解教歌舞留得當時譜斷情殘意落人間漢上行雲迷却舊巫山　妝樓何處尋樊素空誤周郎顧一簾秋雨剪燈看無限羈愁分付玉笙寒

踏莎行

盧仝啜茶手卷

清氣崖深斜陽木末松風泉水聲相答光浮椀面啜先春何須美酒吳姬壓頭上烏巾鬢邊白髮數間破屋從蕪沒山中有此玉川人相思一夜梅花發

南鄉子

杜陵醉歸手卷

晴野事春遊老去尋詩苦未休一似浣花溪上路清幽烟草纖纖水自流何處偶逢留猶未忘情是酒籌童

子策驢人已醉知否醉裏眉攢萬國愁

臨江仙

太白挂巾手卷

憶得沈香歌斷後深宮客夢迢遥硯池殘墨濺花妖青山人獨自早不侣漁樵　石壁蒼寒巾尚挂松風頂上飄飄神仙那肯混塵囂詩魂元在此空向水中招

南樓令

雲冷未全開簷冰雨沍苔入花根暖意先回一夜緑房

迎曉白空憶遍嶺頭梅　如幻舊情懷尋春上吹臺正
泥深十二香街且問謝家池畔草春必定幾時來

摸魚子

已酉重登陸起潛皆山樓正對惠山

步高寒下觀浮遠清暉隔斷風雨醉魂誤入滁陽路落
莫不知何處闌屢拊又却是秋城自有芙蓉主重遊倦
旅對萬壑千巖長江巨浪空翠灑衣屨　景如許都被
樓臺占取晴巒暖靄朝暮乾坤靜理閒居賦評點水經

茶譜留勝侶更庶用林泉曳杖尋桑苧且休訪古看排闥青來書牀嘯詠莫向惠峰去澄江又名芙蓉城

臺城路

陸義齋壽日自澄江放舟清遊吳山水間散懷吟眺一任所適所之既倦乘月夜歸太白去後三百年無此樂耶

清時樂事中園賦怡情楚花湘草秀色通簾生香聚酒修景常留池沼閒居自好奈車馬喧塵未教閒了把菊

清遊泠紅飛下洞庭曉　尋泉同步翠杳更將秋共遠
書畫船小欵竹誰家盟鷗甚水白月光涵圓嶠天浮浩
渺稱綠髮飄飄遡風舒嘯緩築堤沙渭濱人未老

華胥引

錢舜舉幅紙畫牡丹梨花牡丹名洗妝紅為賦
一曲並題二花

溫泉浴罷酣酒纔甦洗妝猶濕落莫雲深（一作無語憑嬌）瑤臺
月下逢太白素衣初（一作猶）染天香對東風傾國惆悵東

闌烱然玉樹獨立　只恐江空一作雲頓忘却錦袍清逸
柳迷歸院欲遠花妖未得誰寫一枝淡雅一作誰道傍玉容寂寞
沈香亭北說與鶯鶯怕人錯認秋色一作撚首狂歌動人一片春色

風入松

聽琴中彈樵歌

松風掩畫隱深情流水自泠泠一從柯爛歸來後愛絃
聲不愛枰聲頗笑山中散木翻憐爨下勞薪　透雲遠
響正丁丁孤鳳劃然鳴疑行嶺上千秋雪語高寒相應

何人回首更無尋處一江風雨潮生

浪淘沙

秋江

萬里一飛蓬吟老丹楓潮生潮落海門東三兩點鷗沙外月閒意誰同　一色與天通絶去塵紅漁歌忽斷荻花風烟水自流心不競長笛霜空

夜飛鵲

大德乙巳中秋會仇山村於溧陽酒酣興逸各

隨所賦余作此詞為明月明年佳話云

林霏散浮暝河漢空雲都緣水國秋清綠房一夜迎向曉海影飛落寒冰蓬萊在何處但危峰縹緲玉籟無聲文簫素約料相逢依舊花陰　登眺尚餘佳興零露下衣襟欲醉還醒明月明年此夜頡頏萬里同此陰晴霓裳夢斷到如今不許人聽正婆娑桂底誰家弄笛風起潮生

風入松

為山村賦

晴嵐暖翠護烟霞喬木晉人家幽居只恐歸圖畫喚樵青多種桑麻門掩推敲古意泉分冷淡生涯　無邊風月樂年華留客可茶瓜任他車馬雖嫌僻笑喧喧流水寒鴉小隱正宜深靜休栽湖上梅花

石州慢

書所見寄子野公明

野色驚秋隨意散愁踏碎黃葉誰家籬院一作下閒花似

語試一作弄妝嬌一作羞怯行行步影未教背寫腰肢一嫋猶一作還立門前雪依約鏡中春又無端輕別　癡絶漢皐何處解珮一作珮解何人底須情切空一作勾引東鄰遺恨丁香試結十年舊夢謾一作尚餘恍惚雲窗可憐不是當一作舊時蝶深夜醉醒來好一庭風月一作但

為伯壽題四花

清平樂

牡丹

百花開後一朵疑堆繡絕色年年常似舊因甚不隨春瘦 脂痕淡約一作拂蜂黄可憐獨倚新妝太白醉遊何處定應忘了沈香 點絳唇

芍藥

獨殿春光此花開後無花了丹青人巧不許芳心老 密影翻堦曾為尋詩到竹西好采香歌杳十里紅樓小

卜筭子

黄葵 一名側金盞

雅淡淺深黄顔影欹秋雨碧帶猶皺筍指痕一作信手拈來一笑間不解擎芳醑　休唱古陽關一作憔悴玉川人如把相思鑄却憶一作似銅盤露已乾愁在傾心處

蝶戀花

山茶

花占枝頭忻日焙金汞初抽火鼎一作鼎暖鉛華退還似癥痕塗癩髓胭脂淡抹微一作浥透纔酣醉　數朵折來春檻

外欲染清香只一作不許梅相對不是臨風珠蓓蕾山童隔竹休敲碎

新鴈過妝樓

乙巳菊日寓溧陽聞鴈聲因動脊令之感

徧插茱萸人何處客裏頓懶攜壺鴈影涵秋一作驚寒絶似暮雨相呼料得曾留堤上月舊家伴侶有書無謾嗟吁數聲怨抑翻致無書　誰識一作一笑飄零萬里更可憐倦翼同此江湖飲啄關心知是近日何如陶潛尚存菊徑

且休羡松風陶隱居沙汀冷揀寒枝不似烟水黄蘆

洞仙歌

寄茅峰梁中砥

中峰（一作流）壁立掛飛來（一作蓬萊）孤劒蒼雪紛紛墮晴鮮白當年詩酒客裏相逢春尚好鷗散烟波茂陵苑只（一作祇）今誰最老種玉人間消得梅花共清淺問我入山期但恐山深松風把紅塵吹（一作分）斷望蓬萊（一作弱水）知隔幾重雲料只隔中間白雲一片

風入松

題蔣道録溪山堂 别本道録作山泉

門前山可久長看留住白雲難溪虚却與雲相傍對白雲何必深一作居山爽氣潛生樹石晴光竟入闌干舊家三徑竹千竿蒼雪拂衣寒緑蓑青笠玄真子釣風波不是真閒得一作何似壺中日月依然只在人間

小重山

題曉竹圖

淡色分山曉氣浮踈林猶剩葉不多秋林深彷彿昔曾遊頻喚酒漁屋岸西頭　不礙此凝眸朦朧清影裏過扁舟行行應到白蘋洲烟水冷傳語舊沙鷗

浪淘沙

題許由擲瓢手卷

拂袖入山阿深隱松蘿掬流洗耳厭塵多石上一般清意味不羨漁蓑　日月靜中過俗境消磨風瓢分付與清波却笑唐求因底事無奈詩何

憶王孫

謝安碁墅

爭碁賭墅意欣然心似遊絲颺碧天只為當時一著玄笑符堅百萬軍聲屐齒前

蝶戀花

邵平種瓜

秦地瓜分侯已故不學淵明種秫辭歸去薄有田園還種取養成碧玉甘如許　卜隱青門真得趣蕙帳空閒

鶴怨來何暮莫說蝸名催及戌長安城下鋤烟雨

如夢令

淵明行徑

苔徑獨行清晝瑟瑟松風如舊出岫本無心遲種門前楊柳回首回首籬下白衣來否

醜奴兒

子母猿

山人去後知何處風月清虛來往無拘戲引兒孫樂有

餘懸崖挂樹如相語常守枯株久與人疎閒了當年一卷書

浣溪紗

雙筍

空色莊嚴玉版師老斑遮護錦繃兒只愁一夜被風吹潤處似沾篔谷雨斫來如帶渭川泥從空托出鎮帷犀

清平樂

平原放馬

轡搖銜鐵蹴踏平原雪勇趁軍聲曾汗血閒過昇平時節　茸茸春草天涯涓涓野水晴沙多少驊騮老去至今猶困鹽車

木蘭花慢

平分春到柳青未了欲婆娑甚書劍飄零身猶是客歲月頻過西湖故園在否怕東風今日落梅多抱瑟空行古道盟鷗頓冷清波　知麽老子狂歌心未歇鬢先皤

歎敝却貂裘驅車萬里風雪關河燈前恍疑夢醒好依然只著舊漁蓑流水桃花漸暖酒船不去如何

長相思

贈別笑倩 別本作書寄笑倩桑香以致別意

去來心短長亭只隔中間一片雲不知何處尋　悶還顰恨還嗔同是天涯流落人此情烟水深

南樓令

有懷西湖且嘆客遊之漂泊

湖上景消磨飄零有夢過問堤邊春事如何可是而今
張緒老見說道柳無多　客裏醉時歌尋思安樂窩買
扁州重緝漁蓑欲趁桃花流水去又却怕有風波

清平樂

題倦耕圖

一犂初卸息影斜陽下角上漢書何不掛老子近來慵
跨　烟村草樹離離卧看流水忘歸莫飲山中清味怕
教洗耳人知

滿江紅

近日衰遲但隨分蝸涎自足底須共紅塵爭道頓一作就荒松菊壯志已荒圯上履正音恐是溝中木又安知幕下有詞人歸心速　書尚在憐魚腹珠何處驚魚目且依然詩思灞橋人獨不用回頭看墮甑不愁抱石疑非玉忽一聲長嘯出山來黄粱熟

山中白雲詞卷六

欽定四庫全書

山中白雲詞卷七

宋　張炎　撰

法曲獻仙音

題姜子野雪溪圖

梅失黄昏鴈驚白晝脉脉斜飛雲表絮不生萍水疑浮玉此景正宜舒嘯一作清眺記夜悄曾乘興何必見安道繫船好想前村未知甚處吟思苦誰遊灞路杳清飲一

瓢寒又何妨分傍茶竈野屋蕭蕭任樓中低唱人笑漸東風解凍怕有桃花流到

浣溪紗

寫墨水仙二紙寄曾心傳并題其上

昨夜藍田採玉遊向陽瑤草帶花收如今風雨不須愁零露依稀傾鑿落碎瓊重疊綴搔頭白雲黃鶴思一作白悠悠

前調

半面妝凝鏡裏春同心帶舞掌中身因一作應沾弱水褪精神　冷艶喜尋梅共笑拈香羞與佩同紉湘皐猶有未歸人

一枝春　為陸浩齋賦梅

竹外横枝並闌干試數風纔一信么禽對語彷彿醉眠初醒遥知是雪甚都把莫寒消盡清更潤明月飛來瘦却舊時疎影　東閣漫撩詩興料西湖樹老難認和靖

晴窗自好勝事每來獨領融融向暖看塵世萬花猶冷
須釀成一點春腴暗香在鼎

水調歌頭

寄王信父

白髮已如此歲序更駸駸化機消息莊生天籟雍門琴
頗笑論文說劒休問高車駟馬袞袞是黄金蹬在元無
夢水競不流心　絶交書招隱操惡圓箴世塵空擾脱
巾挂壁且松陰誰對紫微閣下我向白蘋洲畔朝市與

山林不用一錢買風月短長吟

南樓令

送杭友

聚首不多時烟波又别離有黄金應鑄相思折得梅花先寄我山正在裏湖西　風雪脆荷衣休教鷗鷺知鬢絲絲猶混塵泥何日束書歸舊隱只恐怕種瓜遲

南鄉子

竹居

愛此碧相依卜築西園隱逸時三徑成陰門可欵幽棲
蒼雪紛紛冷不飛　青眼舊心知瘦節終看歲晚期人
在清風來往處吟詩更好梅花著一枝

朝中措

清明時節雨聲譁潮擁渡頭沙翻被梨花冷看人生苦
戀天涯　燕簾鶯户雲窗霧閣酒醒啼鴉折得一枝楊
柳歸來插向誰家

采桑子

西園冷罥秋千索雨透花嚬雨過花皴近覺江南無好春　杜郎不恨尋芳晚夢裏行雲陌上行塵最是多愁老得人

阮郎歸

有懷北遊

細車驕馬錦相連香塵逐管絃瞥然飛過水秋千清明寒食天　花貼貼柳懸懸鶯房幾醉眠醉中不信有啼鵑江南二十年

浣溪紗

艾蒳香消火未殘便能晴去不多寒冶遊天氣却身間帶雨移花渾懶看應時插柳日須攀最堪惆悵是東闌

風入松

閏元宵

向人圓月轉分明簫鼓又逢迎風吹不老蛾兒鬧繞玉梅猶戀香心報道依然放夜何妨款曲行春　錦燈重

見麗繁星水影動棃雲今朝準擬花朝醉奈今宵别是
光陰簾底聽人笑語莫教遲了踏青

踏莎行

詠湯

瑶草收香琪花采汞冰輪碾處芳塵動竹爐湯暖火初
紅玉纖調罷歌聲送　麾去茶經襲藏酒頌一杯清味
佳賓共從來采藥得長生藍橋休被瓊漿弄

鷓鴣天

樓上誰將玉笛吹山前水濶暝雲低勞勞燕子人千里落落梨花雨一枝　修禊近賣餳時故鄉惟有夢相隨夜來折得江頭柳不是蘇堤也皺眉

摸魚子

春雪客中寄白香巖王信父

又孤吟灞橋深雪千山絶盡飛鳥梅花也著東風笑一夜瘦添多少春悄悄正斷夢愁詩忘却池塘草前村路杳看野水流冰舟閒渡口何必見安道　慵登眺脉脉

霏霏未了寒威猶自清峭終須幾日開晴去無奈此時懷抱空暗惱料酒興歌情未肯隨人老惜花起早拚醉竟忘歸接籬更好一笑任傾倒

滿江紅

己酉春日

老子今年多準備吟牋賦筆還自喜錦囊添富頓非疇昔書册琴棋清隊仗雲山水竹閒蹤跡任醉笻遊屐過平生千年客　回首夢東隅失終與去桑榆得且怡然

一笑探梅消息天下神仙何處有神仙只向人間覓折梅花横掛酒壺歸白鷗識

木蘭花慢 元夕後春意盎然頗動游興呈霅川吟社諸公

錦街穿戲鼓聽鐵馬響春冰甚舞繡歌雲歡情未足早已收燈從今便須勝賞步青青野色一枝藤落魄花間酒侶温存竹裏吟朋 休憎短髮鬅鬙遊興懶我何曾任蹤踏芳塵尋蕉覆鹿自笑無能清狂尚如舊否倚東

風嘯詠古蘭陵十里梅花霽雪水邊樓觀先登

前調 用前韻呈王信父

江南無賀老看萬壑出清冰想柳思周情長歌短詠窗與傳燈山川潤分秀色稱醉揮健筆剡溪藤一語不談俗事幾人來結吟朋 堪憎我髮鬅鬙頻賦曲舊時曾但春蚓秋蛩寒蘺晚翠頗嘆非能何如種瓜種秫帶一鉏歸去隱東陵長嘯有誰能識翠微深處孫登

浪淘沙

寒去不多時燕燕纔歸杏花零落水痕肥淺碧分山初過雨一霎晴暉　閒折小桃枝蛺也相隨晚妝不合整蛾眉驀忽思量張敞畫又被愁知

臨江仙　懷辰州教授趙學舟

一點白鷗何處去半江潮落沙虛淡黄楊上月痕初遐觀情悄悄凝想步徐徐　每一相思千里夢十年有此相疎休休寄鴈問何如如何休寄鴈難寫絶交書

壺中天

遶枝倦鵲鬢蕭蕭肯信如今猶客風雪荷衣寒葉補一點燈花懸壁萬里舟車十年書劒此意青天識泛然身世故家休問清白　却笑醉倒衰翁石牀飛夢不入槐安國只恐溪山遊未了莫嘆飄零南北哀哀江横嗚嗚歌罷渺渺情何極正無聊賴天風吹下孤笛

謁金門

晩晴薄一片杏花零落縱是東風渾未惡二分春過却可怪寒生池閣下了重重簾幙忽見舊巢還是錯燕

歸何處著

清平樂

采芳人杳頓覺遊情少客裏看春多草草總被詩愁分了去年燕子天涯今年燕子誰家三月休聽夜雨如今不是催花

漁家傲

病中未及過毘陵

門掩新陰孤館靜楊花却解來相趁幾日方知因酒病

無憀甚脫巾挂壁將書枕　見說落紅堆滿徑不知何處遊人盛自笑扁舟猶未定清和近尋詩已約蘭陵令

前調

辛苦移家聊處靜掃除花徑歌聲趁也學維摩閒示病迂踈甚松風兩耳和衣枕　頗倦扶笻尋捷徑東牆藹藹紅香盛少待搖人波自定蓬壺近且呼白鶴招韓令

壺中天

白香巖和東坡韻賦梅

苔根抱古透陽春挺挺林間英物隔水笛聲那得到斜日空明絶壁半樹籬邊一枝竹外冷艷陵蒼雪淡然相對寓花無此清傑　還念庾嶺幽情江南聊折贈行人應發寂寂西窗閒弄影深夜寒燈明滅且浸芳壺休簪短帽照見蕭蕭髪幾時歸去朗吟湖上香月

南樓令

題聚仙圖

曾記宴蓬壺尋思認得無醉歸來事已模糊忽對畫圖

如夢寐又因甚下清都　拍手笑相呼應書縮地符恐一作想人間天上同途隔水一聲何處笛正月滿洞庭湖

清平樂

題墨仙雙清圖

丹邱瑤草不許秋風掃記得對花曾被惱猶似前時春好　湘皐閒立雙清相看被冷無聲獨說長生未老不知老却梅兄

浪淘沙

余畫墨水仙并題其上

回雪欲婆娑淡掃修蛾盈盈不語奈情何應恨梅兄𢍰弟遠雲隔山阿　弱水夜寒多帶月曾過羽衣飛過染餘波白鶴難招歸未得天濶星河

西江月

題墨水仙

縹緲波明洛浦依稀玉立湘皐獨將蘭蕙入離騷不識山中瑶草　月照英翹楚楚江空醉魄陶陶猶疑顔色

尚清高一笑出門春老

壺中天

懷雲友

異鄉倦旅問扁州東下歸期何日琴劒空隨身萬里天地誰非行客李杜飄零羊曇悲感回首俱陳迹覊懷難寫豆蟲吟破孤寂　柳外門掩踈陰佳人何處溪上蘋花白留得一方無用月隱隱山陽聞笛舊雨不來風流雲散惟有長相憶鴈書休寄寸心分付梅驛

甘州

和袁靜春入杭韻

聽江湖夜雨十年燈孤影尚中洲對荒涼茂苑吟情渺渺心事悠悠見說寒梅猶在無處認西樓招取樓邊月同載扁舟　明日琴書何處正風前墜葉草外閒鷗甚消磨不盡惟有古今愁總休問西湖南浦漸春來烟水入天流清遊好醉招黃鶴一笑千秋

風入松

與王彦常遊會仙亭

愛閒能有幾人來松下獨徘徊清虚冷淡神仙事笑名塲多少塵埃漱齒石邊危坐洗心易裏舒懷　劃然長嘯白雲堆更待月明回一瓢春水山中飲喜無人踏破蒼苔開了桃花半樹此遊不是天台

前調

酌惠山泉

一瓢飲水曲肱眠此樂不知年今朝忽上龍峰頂却元

來有此甘泉洗却平生塵土慵遊萬里山川　照人如鑑止如淵古竇暗涓涓當時桑苧今何在想松風吹斷茶烟著我白雲堆裏安知不是神仙

浪淘沙

題陳汝朝白鷺畫卷

玉立水雲鄉爾我相忘披離寒羽庇風霜不趁白鷗遊海上靜看魚忙　應笑我淒涼客路何長猶將孤影侶斜陽花底鵷行無認處却對秋塘

祝英臺近

題陸壺天水墨蘭石 別本壺天作湖山

帶飄飄衣楚楚空谷飲甘露一轉 一作不信 花風蕭艾遽 一作清氣 如許細看息影雲根淡然詩思曾肯被生香輕誤 一作白 一作寄一點生香何處 此中趣能消幾筆幽奇羞掩衆 一作羣 芳譜薜老苔荒山鬼竟無語夢遊忘了江南故人何處 一作但恐騷客凄涼行吟澤畔 聽一片瀟湘夜 一作風 雨

臺城路

夏壺隱壁間李仲賓寫竹石趙子昂作枯木涓淨峭拔遠返古雅余賦詞以述二妙

老枝無著秋聲處蕭蕭倦聽風雨暗飲春腴欣榮晚節不載天河人去心存太古喜冰雪相看此君欲語共倚雲根歲寒盍並歲寒所　當年曾見漢館捲簾頻坐對飛夢湘楚嘆我重來何堪如此落葉空江無數盤桓屢撫似冉冉吹衣頗疑非霧素壁高堂晉人清幾許

山中白雲詞卷七

欽定四庫全書

山中白雲詞卷八

宋　張炎　撰

長亭怨

別劉行之

跨匹馬東瀛烟樹轉首十年旅愁無數此日重逢故人猶記舊遊否雨今雲古更秉燭渾疑夢語哀哀登臺嘆野老白頭如許　歸去問當初鷗鷺幾度西湖霜露漂

流最苦便一似斷蓬飛絮情可恨獨棹扁舟浩歌向清
風來處有多少相思都在一聲南浦

憶舊遊

寓毘陵有懷澄江舊友

笑銘崖筆倦訪雪舟寒覓里尋隣半掩閒門草看長松
落蔭舊榻懸塵自憐此來何事不為憶鱸蓴但回首當
年芙蓉城裏勝友如雲　思君度遥夜謾疑是梅花簷
下空巡蝶與周俱夢折一枝聊寄古意殊真渺然望極

來鴈與異鄉春尚記得行歌陽關西出無故人

踏莎行

郊行值遊女以花擲水余得之戲作此解

花引春來手擎春住芳心一點誰分付微歌微笑驀思量瞥然抛與一作下東流去　帶潤偷拈和香密護歸時自有流連處不隨烟水不隨風不教輕一作更把劉郎誤

浪淘沙

作墨水仙寄張伯雨

香霧濕雲鬟蕊珮珊珊酒醒微步晚波寒金鼎尚存丹已化雪冷虛壇 遊冶未知還鶴怨空山瀟湘無夢繞一作憶蘩蘭碧海茫茫歸不去却在人間

西江月 前題

落落奇花未吐離離瑤草偏幽蓬山元是不知秋却笑人間春瘦 瀟灑寒屏麈尾玲瓏潤玉搔頭半窗晴日水痕收不怕杜鵑啼後

珍珠令

桃花扇底歌聲杳愁多少便覺道花陰閒了因甚不歸來甚歸來不早　滿院飛花休要掃待留與薄情知道別本疊知道二字　怕一似飛花和春都老

壺中天

壽月溪

波明畫錦看芳蓮迎曉風弄晴碧喬木千年長潤屋清蔭圖書琴瑟龜甲屏開蝦鬚簾捲瑤草秋無色和薰蘭

廚一作萊砌綵衣歡擁詩伯　溪上燕往鷗還筆牀茶竈竹隨游屐閒似神仙閒最好未必如今閒得書染芝香驛傳梅信次第來雲壯金尊須滿月光長照歌一作秋席

摸魚子

為卞南仲賦月溪

遡空明霽蟾飛下湖湘難辨遙樹流來那得清如許不與衆流東注浮淨一作玉宇任消息虛盈壺內藏今古停杯問取甚玉笛移宮銀橋散影依舊廣寒府　休凝佇

鼓枻漁歌在否滄浪渾是烟雨黄河路接銀河路炯炯近（一作去）天尺五還自語奈一寸寒心不是安愁處凌風遠舉趁冰玉光中排雲萬里秋艇載詩去

好事近

贈笑倩

蔥蒨（一作愁倩）滿身雲酒暈淺融香頰水調數聲嫻雅把芳心偷（一作徐）説　風吹裠帶下堦遲驚散雙（一作兩）蝴蝶伴撚花枝微笑溜晴波一瞥

小重山

烟竹圖別本作烟鎖筤簹谷

陰過雲根冷不移古林踈一作深又密色依依何須噴飯笑當時筤簹谷盈尺小鵝溪展玩似堪疑楚山從此去望中迷不知何一作那處倚湘妃空江晚長笛一聲吹

蝶戀花

秋鶯

求友林泉深密處弄舌調簧如問春何許燕子先將雛

燕去凄涼可是歌來暮　喬木蕭蕭梧葉雨不似尋芳翻落花心露認取門前楊柳樹數聲須入新年語

南樓令

壽月溪

天淨雨初晴秋清人更清滿吟窗柳思周情一片香來松桂下長聽得讀書聲　閒處卷一作養黄庭年年兩鬢青佩芳蘭不一作懶繫塵纓傍取溪邊端正月對玉兎話長生

風入松

溪山竹堂別本作子昂竹石卷子

新篁依約珮初搖老石潤山腰逸人未必猶酣酒正溪頭風雨蕭蕭礪齒猶隨市隱虛心肯受春招　從教三徑入漁樵對此覺塵消娟枝冷葉無多子伴明窗書卷詩瓢清一作濃過炎天梅蕊淡欺雪裏芭蕉

踏莎行

跋伯時弟撫松寄傲詩集

水落槎枯田荒玉碎夜闌秉燭驚相對故家文物已無傳一燈却照清江外　色展天機光摇海貝錦囊日月奚童背重逢何處撫孤松共吟風月西湖醉聲聲慢

中吳感舊

因風整帽借柳維舟陸輔之詞旨風作花舟作船　休登故苑荒臺去歲何年游處半入蒼苔白鷗舊盟未冷但寒沙空與愁堆謾嘆息問西門灑淚不忍徘徊　眼底江山猶在把

冰絃彈斷苦憶顔回一點歸心分付布襪青鞋相尋已期到老那知人如此情懷悵望久海棠開依舊燕來

前調

重過垂虹

數聲短棹棹色長條無花但覺風香萬境天開逸興縱我清狂白鷗更閒似我趁平蕪飛過斜陽重嘆息却如何不見夢裏黄粱　一自三高非舊把詩囊酒具千古淒涼近日烟波樂事盡逐漁忙山横洞庭夜月似瀟湘

不似瀟湘歸未得數清遊多在水鄉

前調

寄葉書隱

百花洲畔十里湖邊沙鷗未許盟寒舊隱琴書猶記渭水長安蒼雲數千萬疊却依然一笑人間似夢裏對清尊白髮秉燭更闌　渺渺烟波無際喚扁舟欲去且與憑闌此別何如能消幾度陽關江南又聽夜雨怕梅花零落孤山歸最好甚間人猶自未閒

木蘭花慢

歸隱湖山書寄陸處梅

二分春是雨采香徑綠陰鋪正私語晴蛙于飛晚燕閒掩紋蹤流光慣欺病酒問楊花過了有花無啼鴂初聞浣守釣船猶繫菰蒲　林逋樹老山孤渾忘却隱西湖嘆扇底歌殘蕉間夢醒難寄中吳秋痕尚懸鬢影見蓴絲依舊也思鱸黏壁蝸涎幾許清風只在樵漁

清平樂

蘭曰國香為哲人出不以色香自眩乃得天之清者也楚子不作蘭今安在得見所南翁紙上數筆斯可矣賦此以見情事云

名花一葉比似前時别烟水茫茫無處說冷却西湖明月　貞芳只合深山紅塵了不相關留得許多清影幽香不到人間

前調

贈雲麓道人

萬緣不了都被紅塵老一粒粟中休道好弱水竟通蓬島孤雲漂泊難尋如今却在遥岑莫趁清風出岫此中方是無心

前調

題平沙落鴈圖

平沙流水葉老蘆花未落鴈無聲還有字一片瀟湘古意扁舟記得幽尋相尋只在烟潯莫趁春風飛去玉關夜雪猶深

臨江仙

甲寅秋寓吴作墨水仙為處梅吟邊清玩時余年六十有七看花霧中不過戲縱筆墨觀者出門一笑可也

翦翦春冰出萬壑和春帶出芳叢誰分弱水洗塵紅低回金叵羅約略玉玲瓏　昨夜洞庭雲一片朗吟飛過天風戲將瑶草散虚空靈根何處覓只在此山中

思佳客

題周草窗武林舊事

夢裏瞢騰説夢華鶯鶯燕燕已天涯蕉中覆處應無鹿漢上從來不見花 今古事古今嗟西湖流水響琵琶銅駝烟雨棲芳草休向江南問故家

清平樂

别苗仲通

柳閒花外日日離人淚憶得樓心和月醉落葉與愁俱碎 如今一笑吳中眼青猶認衰翁先泛扁舟烟水西

湖多定相逢

前調

過金桂軒墳園

淒涼晴樹寒食無風雨記得當時遊冶處桂底一身香露　神仙只在蓬萊不知白鶴飛來乘興飄然歸去嗔人踏破蒼苔

風入松

久别曾心傳近會於竹林清話歡未足而離歌

發情如之何因作此解時至大庚戌七月也

滿頭風雪昔同遊同載月明舟回來又續西湖夢繞江南那處無愁贏得如今老大依然只是飄流　故人剪燭對花謳不記此身浮征衣冷落荷衣暖徑雖荒也合歸休明日去尋烟水相思却在幷州

漁歌子

張志和與余同姓而意趣亦不相遠庚戌春自陽羡牧溪放舟過罨畫溪作漁歌子十解述古

調也

淺水灣頭屋數間放船收盡一溪山聊適興且怡顏問天難買是真閒

二

數間茅屋枕溪流緊繫籬邊一葉舟沽酒去閉門休從此清閒不屬鷗

三

更無人處白雲多童子貪眠枕綠蓑莞爾笑浩然歌奈

此蕭蕭落葉何

四

半樹飛瓊半樹梅捲簾一色玉蓬萊宜嘯詠莫徘徊乘
興扁舟好去來

五

泛宅浮家與子同更無人說老漁翁來往事有無中却
恐桃源自此通

六

漫言垂釣不求魚釣不得魚還自如塵事遠世人跡何須更寫絶交書

七

自臨流水濯塵纓嚴瀨磻溪有重輕多少事古今情今人當似古人清

八

五湖烟水好浮家蓬底光陰鬢未華停短棹艤平沙流來恐是杏壇花

九

半江紅樹遠孤村路隔塵寰水到門斜照散遠雲昏白鷺飛來老樹根

十

一任經年酒半酣知魚知我静中条峰六六徑三三此懷難與俗人談

一剪梅

悶慈驚寒減豔痕蜂也消魂蝶也消魂醉歸無月傍黄

昏知是花村知是前村　留得閒枝葉半存好似桃根不似桃根小樓昨夜雨聲渾春到三分秋到三分

南鄉子

野色一橋分活水流雲直到門落葉堆籬從不掃開尊醉裏教兒誦楚文　隔斷馬蹄痕商鼎熏花獨自聞吟思更添清絕處黄昏月白枝寒雪滿村

清平樂

過吳見屠存博近詩有懷其人（別本屠作吳）

五湖一葉風浪何時歇醉裏不知花影别依舊空山明
月夜深鶴怨歸遲此時那處堪歸門外一株楊柳折
來多少相思

柳梢青

清明夜雪

一夜凝寒忽成瓊樹換却繁華因甚春深片紅不到綠
水人家 眼驚白晝天涯空望斷塵香鈿車獨立回風
東闌惆悵莫是梨花

南歌子

陸義齋燕喜亭

窗窓春聲聚花多水影重只留一路過東風圍得生香不斷錦熏籠　月地連金屋雲樓瞰翠蓬惺鬆笑語隔簾櫳知是誰調鸚鵡柳陰中

青玉案

閒居

萬紅梅裏幽深處甚杖屨來何暮草帶湘香穿水樹塵

留不住雲留却住壺内藏今古　獨清懶入終南去有忙事修花譜騎省不須重作賦園中成趣琴中得趣酒醒聽風雨

山中白雲詞卷八

欽定四庫全書

山中白雲詞附録

送張叔夏西遊序　　　戴表元

玉田張叔夏與余初相逢錢塘西湖上翩翩然飄阿錫之衣乘纖離之馬於時風神散朗自以為承平故家貴遊少年不翅也垂及强仕喪其行資則既牢落偃蹇嘗以藝北遊不遇失意亟亟南歸愈不遇猶家錢塘十年久之又去東遊山陰四明天台間若少遇者既又去之

西歸於是余周流授徒適與相值問叔夏何以去來道塗若是不憚煩耶叔夏曰不然吾之來本投所賢賢者貧依所知知者死雖少有遇無以寧吾居吾不得已違之吾豈樂為此哉語竟意色不能無阻然少馬飲酣氣張取平生所自為樂府詞自歌之噫嗚宛抑流麗清暢不惟高情曠度不可褻企而一時聽之亦能令人忘去窮達得喪所在蓋錢塘故多大人長者叔夏之先世高曽祖父皆鐘鳴鼎食江湖高才詞客姜

薆堯章孫季蕃花翁之徒往往出入館轂其門千金之裝列駟之聘談笑得之不以為異迨其途窮境變則亦以望於他人而不知正復堯章花翁尚存今誰知之而誰暇能念之者嗟乎士固復有家世才華如叔夏而窮甚於此者乎六月初吉輕行過門云將改游吳公子季札春申君之鄉而求其人焉余曰唯唯因次第其詞以為别

送張玉田歸杭疏　　袁桷

採藥神山晤朱顏之今昨呼猿靈鷲勞清夢之去來要當青蘘布韈徒步徑歸誰信黄絹色絲空言何補弄笛恨邊雲慘淡坐窗惜江月凄涼落葉孤尊無復金貂之忼慨古梅千檻空懐玉照之風流食肉之相已非解牛之技焉用焦桐未遇斷木自嘶風月江湖肯後當時之置驛交游金石定先桑子之裹糧鄗騎驢灞上之寒遂跨鶴揚州之願膝行而謝捆載以歸燈火話平生慰老弟兄之白髮詩書娱晚歳還名祖父之青氊恩極無言

情陳有覥

贈張玉田　　仇遠

秦川公子謫仙人布袍落魄餘一身錦囊香歇玉簫斷庾郎白髮徒傷春金臺掉頭不肯住欲把釣竿東海去故鄉入夢忽歸來井邑依依鐵爐步碧池槐葉玄都桃眼空舊雨秋蕭颸太湖風月數萬頃扁舟乘興尋三高西北高樓一杯酒與子長歌折楊柳江山信美曷便留蓴菜鱸魚隨處有

又　　袁桷

將軍金甲明如日勒馬橋邊清警蹕淮揚徹衛羽書沈
置酒行宫功第一蟬冠熊軾塡高門英英玉照稱聞孫
張鎡號約齋堂名玉照
百年文物意未盡玉田公子尤超羣紫簫
吹殘江水立野雉驚塵暗原隰夜攀雪栁蹈河冰竟上
燕臺論得失丈夫未遇空遠遊秋風淅瀝銷征裘翩然
騎鶴歸海上一笑相問誇綢繆兩曜奔飛互朝夕璇府
森芒森莫測要須畫紙為君聽落筆雌黄期破的壺中

白日常高懸道逢落魄呼醉眠清歌停雲意慘淡倚聲更度飛龍篇玉田為循王俊五世孫時來鄞設卜肆

玉田樂府指迷

粤自隋唐以來聲詩間為長短句至唐人則有尊前花間集迄於崇寧立大晟府命周美成諸人討論古音審之古調淪落之後少得存者由此八十四調之聲稍傳美成諸人增演慢曲引近或移宮換羽為三犯四犯之曲按月令為之其曲遂繁美成負一代詞名

所作詞渾厚和雅善於融化詩句而於音譜且間有未諧可見其難矣作詩多效其體製失之軟媚而無所取如秦少游高竹屋姜白石史邦卿吳夢窗格調不凡句法挺異俱能特立清新之意刪削靡曼之詞自成一家能取諸人之所長去其所短精加翫味像而為之豈不與美成輩爭雄長哉

作慢詞看是甚題目先擇曲名然後命意命意既了思其頭何如起尾何如結然後選韻然後述曲最是過

變不要斷了曲意須要承上接下如姜白石詞云曲屏山夜涼獨自甚情緒於過變則云西窗又吹暗雨此則曲之意不斷矣詞既成恐前後不相應或有重疊句意又恐字面麤踈即為修改改畢淨寫一本展之几案或貼於壁少頃再觀必有未穩處改之又改方成無瑕之玉急於脫稿倦事修擇豈能無病不惟不能全美抑且未協音聲作詩猶且旬鍛日鍊況詞乎

詞中句法須要平安精粹一曲之中安能句句高妙只要相搭襯副得去於好發揮筆力處極要用工不可輕放過讀之使人擊節可也

句法中有字面葢詞中有生硬字用不得須是深加鍛鍊字字推敲響亮歌誦妥溜方為本色語如賀方回吳夢窗皆精於鍊字者多從李長吉温庭筠詩中取法來字面亦詞中之起眼處不可不留意也

詞與詩不同詞之句語有兩字三字四字至七八字者

若惟疊實字讀之且不通況付雪兒乎合用虛字呼喚一字如正但任況之類兩字如莫是又還之類三字如更能消最無端之類却要用之得其所

詞要清空不要質實清空則古雅峭拔質實則凝澀晦昧姜白石如野雲孤飛去留無跡吳夢窗如七寶樓臺眩人眼目拆碎下來不成片段此清空質實之說又如聲聲慢云檀欒金碧婀娜蓬萊浮雲不蘸芳洲前八字恐亦太澀如唐多令云何處合成愁離人心

上秋縱芭蕉不雨也颼颼此詞疎快不質實白石如疎影暗香揚州慢一萼紅琵琶仙探春慢淡黄柳等曲不惟清虚且又騷雅讀之使人神觀飛越

詞中用事最難要緊著題融化不澀如東坡永遇樂云燕子樓空佳人何在空鎖樓中燕用張建封事白石疎影云猶記深宫舊事那人正睡裏飛近蛾緑用壽陽事又云昭君不慣塵沙遠但暗憶江南江北想珮環月下歸來化作此花幽獨用少陵詩此皆用事不

為所使

詩難於詠物詞為尤難體認稍真則拘而不暢摹寫差遠則晦而不明要須收縱聯密用事合題一段意思全在結尾斯為絕妙如史邦卿東風第一枝詠春雪雙雙燕詠燕白石齊天樂賦促織皆全章精粹所詠瞭然在目且不留滯於物至於劉改之沁園春詠指甲又詠小脚亦工麗但不可與前作同日語

昔人詠節序付之歌喉者類是率俗不過為應時納祜

之作所謂清明折桐花爛漫端午梅霖乍歇七夕炎光謝若律以詞家調度則皆未然豈如美成解語花詠元夕史邦卿東風第一枝賦立春不獨措詞精粹又且見時節風物之感至如李易安永遇樂云不如向簾兒下聽人笑語此亦自不惡而以俚詞歌於坐花醉月之際良可嘆也

詞之難於小令如詩之難於絶句不過十數句一句一字閒不得末最當留意有有餘不盡之意乃佳當以

花間集中韋莊溫飛卿爲則至若陳簡齋杏花疎影裏吹笛到天明真是自然而然

詞之語句太寛則容易太工則苦澀如起頭八字相對中間八字相對却須用工著一字眼如詩眼一同若八字既工下句便合少寛庶不窒塞約莫太寛易又著一句工緻者便精粹此詞中之關鍵也

詞不可强和人韻若倡者曲韻寛平庶可賡和倘韻險又爲人所先而必欲牽强賡和則句意安能融貫如

東坡和章質夫楊花水龍吟起句質夫便合讓東坡一頭地況後片愈出愈奇真是壓倒今古吾輩倘遇險韻不若祖其元韻隨意換易答之

近代陳西麓所作平正亦有佳者詞欲雅而正志之所之一為物所役則失其雅正之音耆卿伯可不必論雖美成亦有所不免如最苦夢魂今宵不到伊行如天便教人霎時廝見何妨如許多煩惱只為當時一餉留情所謂淳朴變澆風矣

詞之賦梅惟白石暗香踈影二曲前無古人後無來者
自立新意真為絶倡太白云眼前有景道不得崔灝
題詩在上頭誠哉是言也

書後

曩者余友簡兮陸先生相契甚篤朝夕過從討論古今
樂府詩餘必推玉田張叔夏一日出山中白雲詞見示
乃先生手録扺閲者曰世無善本子盍鋟𣗥以傳余曰
唯唯時猶習舉子業未嘗專讀古書不知叔夏為何時

人也未幾先生與子源淳相繼謝世欲求所謂玉田詞
者杳不可得間嘗披閱詞選得見數闋覺慷慨灑落於
周待制柳屯田諸名家外别出蹊徑而律宫調諧一一
應聲叶節追憶簡翁之語為太息自悔者久之去年秋
有客以殘編數種求售翻閱未竟忽睹此卷正疇昔先
生所手編者不禁狂喜亟購得之以付廉兒於是復嘆
四十年間人之存亡書之離合莫不有數存乎其間而
白雲一帙若終有待於余也會余刻海叟詩集因將此

編重加叅訂附以樂府指迷名賢詩序贈别之作精書鋟板以酬宿諾嗟乎聞笛山陽猶深惻愴况我良友手跡如新余深幸是編之流布而惜先生已不及見矣流連吟諷重增太息云張叔夏名炎號玉田生又稱樂笑翁西秦人或云臨安人康熙六十一年壬寅三月望上海曹炳曾巢南書於城西書屋

欽定四庫全書

山中白雲詞附録